R. L. STINE

Gänsehaut

Der Werwolf
aus den Fiebersümpfen

cbj

DER AUTOR

R.L. Stine, 1943 in Columbus/Ohio geboren, ist Erfolgsautor der Reihe *Fear Street*. Der weltweite Durchbruch gelang ihm mit der Kinder-Gruselreihe *Goosebumps*, zu Deutsch *Gänsehaut*. Mit über 400 Millionen verkauften Büchern weltweit ist Stine einer der erfolgreichsten Kinderbuchautoren aller Zeiten. Er lebt mit seiner Familie in New York und teilt sich sein Büro mit einem Skelett.

Von R. L. Stine ist bei cbj lieferbar:

Willkommen im Haus der Toten (22591)
Es wächst und wächst und wächst… (22592)
Der Geist von nebenan (22593)
Die Puppe mit dem starren Blick (22594)
Der Werwolf aus den Fiebersümpfen (22595)
Um Mitternacht, wenn die Vogelscheuche erwacht (22596)

Gänsehaut – Das Buch zum Film (17223)

R. L. STINE

Gänsehaut

Der Werwolf aus den Fiebersümpfen

Aus dem amerikanischen Englisch
von Günter W. Kienitz

cbj

cbj

Kinder- und Jugendbuchverlag
in der Verlagsgruppe Random House

MIX
Papier aus verantwortungsvollen Quellen
FSC® C014496

Verlagsgruppe Random House FSC® N001967
Das für dieses Buch verwendete FSC®-zertifizierte Papier
Pamo House liefert Arctic Paper Mochenwangen GmbH.

1. Auflage
Als cbj Taschenbuch Februar 2016
Die Originalausgabe erschien unter dem Titel
»Goosebumps # 14: The Werewolf of Fever Swamp«

Übersetzung: Günter W. Kienitz
Lektorat: Janka Panskus
Umschlaggestaltung: basic-book-design, Karl Müller-Bussdorf
jk · Herstellung: ReD
Satz: Uhl + Massopust, Aalen
Druck: GGP Media, Pößneck
ISBN 978-3-570-22595-0
Printed in Germany

www.cbj-verlag.de

1

In den Weihnachtsferien zogen wir nach Florida. Eine Woche später hörte ich zum ersten Mal das furchterregende Heulen im Sumpf.

Nacht für Nacht setzte ich mich beim Klang des Geheuls im Bett auf, hielt den Atem an und schlang fröstelnd die Arme um mich. Ich blickte durchs Fenster zum kreidebleichen Mond hinauf und lauschte.

Welches Wesen stößt solche Schreie aus?, fragte ich mich. Und wie nahe ist es? Warum klingt es so, als wäre es direkt vor meinem Fenster?

Das Heulen schwoll an und ab, wie eine Sirene. Es klang nicht traurig und klagend, sondern bedrohlich. Geradezu wütend. Fast hörte es sich wie eine Warnung an: *Halte dich vom Sumpf fern! Du gehörst nicht hierher.*

Gleich nachdem ich mit meiner Familie in unser neues Haus am Rande des Sumpfes gezogen war, konnte ich es kaum erwarten, die Gegend zu erforschen. Ich stellte mich mit dem Fernglas, das Dad mir zum zwölften Geburtstag geschenkt hatte, in den Garten hinterm Haus und schaute zum Sumpf hinüber.

Bäume mit schlanken weißen Stämmen neigten

sich einander zu und bildeten mit ihren matten, breiten Blättern ein Dach, das den Sumpfboden in blaue Schatten hüllte.

Hinter mir liefen die Rehe in ihrem Maschendrahtgehege unruhig auf und ab. Ich konnte hören, wie sie im weichen, sandigen Boden scharrten und ihre Geweihe an den Wänden des Unterstandes wetzten.

Ich ließ das Fernglas sinken und drehte mich zu ihnen um. Die Rehe waren der Grund dafür, dass wir nach Florida umgezogen waren. Mein Dad, Michael F. Tucker, ist nämlich Wissenschaftler. Er arbeitet für die Universität von Vermont in Burlington, die, das kannst du mir glauben, von den Sümpfen Floridas *sehr* weit entfernt liegt!

Dad hat die sechs Rehe aus irgendeinem Land in Südamerika. Man nennt sie Sumpfrehe. Sie unterscheiden sich von gewöhnlichen Rehen. Ich meine, sie sehen nicht gerade wie Bambi aus. Zum einen ist ihr Fell eher rot als braun, zum anderen sind ihre Hufe ausgesprochen groß und haben so was wie Schwimmhäute. Weil sie sich auf feuchtem, weichem Untergrund bewegen, schätze ich mal.

Dad möchte herausfinden, ob dieses südamerikanische Wild in Florida überleben kann. Er will die Tiere mit kleinen Sendern versehen und dann im Freien aussetzen. Auf diese Weise kann er beobachten, wie sie dort zurechtkommen.

Als er uns daheim in Burlington erzählt hatte, dass wir wegen der Rehe nach Florida zögen, waren wir alle völlig aus dem Häuschen gewesen. Wir wollten nicht umziehen.

Emily, meine Schwester, heulte tagelang. Sie ist sechzehn und wollte auf keinen Fall die Schule wechseln. Auch ich wollte mich nicht von meinen Freunden trennen.

Aber Dad hatte Mom rasch auf seine Seite gebracht. Mom ist ebenfalls Wissenschaftlerin. Sie und Dad arbeiten gemeinsam an einer ganzen Reihe von Projekten. Deshalb stimmte sie seinem Vorhaben natürlich zu.

Und dann versuchten die beiden, Emily und mich davon zu überzeugen, dass dies eine einmalige Chance wäre und bestimmt ziemlich aufregend würde. Ein Abenteuer, das wir nie vergessen würden.

Und nun waren wir hier, in einem kleinen weißen Haus in der Nachbarschaft von vier oder fünf anderen kleinen weißen Häusern. Im Garten hinter dem Haus stand das Gehege mit den sechs seltsam aussehenden Rehen, dahinter dehnte sich der endlose Sumpf aus. Und von oben knallte die heiße Sonne Floridas auf uns herab.

Ich wandte mich von den Rehen ab und hob wieder das Fernglas an die Augen. »Oh!«, schrie ich auf, als mir zwei dunkle Augen entgegenzustarren schienen.

Ich ließ das Fernglas sinken und schaute mit zusammengekniffenen Augen zum Sumpf hinüber, wo ich, gar nicht weit entfernt, einen großen weißen Vogel auf zwei langen, dürren Beinen entdeckte.

»Das ist ein Kranich«, sagte Emily, die unbemerkt neben mich getreten war. Sie trug ein ärmelloses weißes T-Shirt und kurze rote Jeans. Meine Schwester ist groß und dünn und blond. Sie sieht einem Kranich ziemlich ähnlich.

Der Vogel drehte sich um und stakste mit hohen Schritten auf den Sumpf zu.

»Komm, wir folgen ihm«, sagte ich.

Emily zog ein Schmollgesicht, eine Miene, die wir seit dem Umzug recht häufig zu sehen bekamen. »Kommt nicht in die Tüte. Es ist viel zu heiß.«

»Ach, nun komm schon.« Ich packte sie an ihrem dünnen Arm und zog sie mit mir. »Lass uns einen Streifzug durch den Sumpf machen.«

Sie schüttelte den Kopf, bis ihr hellblonder Pferdeschwanz hin und her schwang. »Dazu hab ich absolut keine Lust, Grady.« Sie rückte die Sonnenbrille auf ihrer Nase zurecht. »Ich warte auf den Postboten.«

Da wir sehr weit vom nächsten Postamt entfernt wohnen, wird die Post nur zweimal die Woche gebracht. Deshalb wartet Emily meist sehnsüchtig auf den Briefträger.

»Wartest du auf einen Liebesbrief von Martin?«, fragte ich sie mit einem Grinsen. Sie hasst es, wenn ich sie mit Martin, ihrem Freund in Burlington, aufziehe. Darum ziehe ich sie so oft wie möglich mit ihm auf.

»Schon möglich«, sagte sie und zerzauste mir das Haar. Sie weiß, dass ich es nicht ausstehen kann, wenn mein Haar zerstrubbelt ist.

»Bitte!«, flehte ich. »Komm schon, Emily. Nur eine kleine Runde, eine ganz kleine.«

»Emily, geh ein bisschen mit Grady spazieren«, ertönte Dads Stimme. Wir drehten uns um und entdeckten ihn im Wildgehege. Mit einem Schreibblock in der Hand ging er von einem Reh zum anderen und machte sich Notizen. »Los«, drängte er meine Schwester. »Du hast doch sonst nichts zu tun.«

»Aber Dad ...« Emily konnte ungemein kläglich klingen, wenn sie wollte.

»Nun geh schon, Emily«, beharrte Dad. »Das ist sicher interessant. Auf jeden Fall interessanter, als hier in der Hitze herumzustehen und mit ihm zu diskutieren.«

Wieder schob Emily ihre Sonnenbrille nach oben. Sie rutschte ihr ständig über die Nase herunter. »Also ...«

»Großartig!«, rief ich aufgeregt. Ich war noch nie zuvor in einem richtigen Sumpf gewesen. »Dann nichts wie los!« Ich nahm meine Schwester an der Hand und zog sie hinter mir her.

Emily ging nur widerwillig und mit besorgter Miene mit. »Ich habe gar kein gutes Gefühl dabei«, maulte sie.

Mein schräger Schatten folgte mir, als ich eilig auf die niedrigen, schief und krumm stehenden Bäume zustrebte. »Emily, was kann schon passieren?«, fragte ich.

2

Unter den Bäumen war es heiß und schwül. Ich hatte das Gefühl, als würde die Luft an meinem Gesicht festkleben. Die breiten Palmblätter hingen so tief, dass ich sie beinahe erreichen und berühren konnte. Sie sperrten die Sonne nahezu vollständig aus, aber ein paar gelbe Lichtstrahlen brachen sich einen Weg hindurch und beleuchteten den Sumpfboden wie Scheinwerfer.

Stacheliges Unkraut und Farnblätter streiften meine nackten Beine. Ich wünschte mir, ich hätte eine Jeans statt der Shorts angehabt. Ich hielt mich dicht bei meiner Schwester, während wir dem schmalen, gewundenen Pfad folgten. Das Fernglas, das ich um den Hals trug, begann schwer auf meiner Brust zu lasten. Ich hätte es besser zu Hause lassen sollen.

»Hier hört man so viele Geräusche«, sagte Emily, als sie über einen verrotteten Baumstamm hinwegstieg.

Sie hatte recht. Das Überraschendste am Sumpf waren die vielen Geräusche.

Irgendwo über uns trillerte ein Vogel. Ein anderer Vogel antwortete mit einem schrillen Pfeifen. Überall um uns herum zirpten laut Insekten. Ich hörte ein gleichmäßiges *Tock-tock-tock,* als ob jemand auf Holz klopfte. Ein Specht? Palmblätter raschelten im Wind, Baumstämme knarrten. Meine Sandalen machten *flapp, flapp,* während sie mit jedem Schritt in den morastigen Boden einsanken.

»He, sieh mal«, sagte Emily und deutete vor sich. Sie nahm ihre Sonnenbrille ab, um besser sehen zu können.

Wir waren an einen kleinen, ovalen Teich gelangt. Das Wasser sah im Halbschatten dunkelgrün aus. Auf der Oberfläche schwammen weiße Seerosen, die anmutig auf flachen grünen Blättern saßen.

»Wie hübsch«, sagte Emily und streifte sich einen Käfer von der Schulter. »Ich werde noch einmal mit meiner Kamera herkommen und den Teich fotografieren. Sieh dir nur das herrliche Licht an!«

Ich folgte ihrem Blick. Die vordere Seite des Teiches lag im Schatten. Doch auf der anderen Seite fielen schräge Lichtstrahlen zwischen den Bäumen herab und bildeten einen hellen Vorhang, der ins ruhige Wasser eintauchte.

»Das ist irgendwie cool«, gestand ich ihr zu, obwohl ich mit Seen und Teichen nicht viel am Hut hatte. Ich interessierte mich mehr für die Tierwelt.

Ich ließ Emily das Licht und die Seerosen noch ein Weilchen bewundern, dann setzten wir unseren Weg fort. Wir gingen um den Teich herum und tiefer in den Sumpf hinein.

Meine Sandalen platschten über den feuchten Boden. Ein Stück vor uns tanzte lautlos ein riesiger Stechmückenschwarm – es mussten Tausende sein – in einem Sonnenstrahl.

»Igitt«, beschwerte sich Emily. »Ich hasse Mücken. Es juckt mich schon bei ihrem bloßen Anblick.« Sie kratzte sich am Arm.

Wir wandten uns ab – und sahen etwas schnell hinter einen umgestürzten, moosbedeckten Baumstamm huschen.

»He – was war *das*?«, rief Emily und packte mich am Ellbogen.

»Ein Alligator!«, schrie ich. »Ein hungriger Alligator!«

Sie stieß einen kurzen, angsterfüllten Schrei aus.

Ich lachte. »Was ist denn los mit dir, Emily? Das war doch nur irgendeine Eidechse.«

Wütend drückte sie meinen Arm. »Du bist eine Ratte, Grady«, schimpfte sie. Sie kratzte sich noch einmal an den Armen. »Ich bekomme noch die Krätze in diesem Sumpf«, beklagte sie sich. »Lass uns umkehren.«

»Nur noch ein kleines Stück«, bettelte ich.

»Nein, komm. Ich will jetzt wirklich zurück.« Sie versuchte mich zu ziehen, aber ich wand mich aus ihrem Griff. »Grady …«

Ungerührt ließ ich sie stehen und marschierte weiter in den Sumpf hinein. Wieder hörte ich das *Tock-tock-tock,* direkt über mir. Die niedrig hängenden Palmblätter raschelten in einer leichten Brise und das schrille Zirpen der Insekten wurde lauter.

»Ich gehe jetzt nach Hause und lasse dich hier alleine«, drohte Emily.

Ich tat so, als hätte ich es nicht gehört, und lief weiter. Mir war klar, dass Emily es nicht ernst meinte.

Vertrocknete braune Palmblätter raschelten unter

meinen Sandalen. Ohne mich umzudrehen, konnte ich hören, dass Emily mir in geringem Abstand folgte.

Wieder huschte eine kleine Eidechse direkt vor meinen Füßen über den Pfad. Sie sah aus wie ein dunkler Pfeil, der ins Unterholz schoss.

Plötzlich begann der Weg anzusteigen. Wir gingen einen kleinen Hügel hinauf und gelangten zu einer Art sonnenbeschienenen Lichtung.

Schweißtropfen liefen mir über die Stirn und die Wangen hinab. Die Luft war so feucht, dass ich das Gefühl hatte zu schwimmen.

Oben auf dem Hügel angekommen, blieben wir stehen und schauten uns um. »He, da ist noch ein Teich!«, rief ich und rannte durch dichtes gelbes Sumpfgras auf das Ufer zu.

Doch dieser Teich sah anders aus. Das dunkelgrüne Wasser hatte keine glatte, ruhige Oberfläche. Als ich mich darüber beugte, konnte ich sehen, dass es trüb und dick wie Erbsensuppe war. Es brodelte und machte dabei widerliche gurgelnde und schmatzende Geräusche. Neugierig beugte ich mich noch näher heran.

»Das ist Treibsand!«, hörte ich Emily voller Entsetzen kreischen.

Und dann gaben mir plötzlich zwei Hände von hinten einen kräftigen Stoß.

3

Ich fiel auf die blubbernde grüne Suppe zu, aber gerade noch rechtzeitig packten mich die beiden Hände von hinten und zogen mich zurück.

Emily kicherte. »Jetzt habe ich dir aber einen Schrecken eingejagt!«, rief sie und hielt mich so fest, dass ich mich nicht umdrehen und ihr eine knallen konnte.

»Lass mich sofort los!«, schrie ich wütend. »Du hättest mich beinahe in den Treibsand gestoßen! Das ist nicht witzig!«

Sie lachte nur noch mehr, ließ mich aber los. »Das ist kein Treibsand, du Pappnase«, sagte sie. »Das ist eine moosbewachsene Torfstelle im Sumpf.«

»Wie bitte?« Ich drehte mich um und starrte in die grüne Masse.

»Das ist ein Torfloch«, wiederholte sie ungeduldig. »Weißt du denn gar nichts?«

»Was ist ein Torfloch?«, fragte ich sie und schluckte ihre Beleidigung herunter. Emily, Miss Neunmalklug. Sie gibt ständig damit an, dass sie alles weiß, während ich ihrer Meinung nach nur eine doofe Nuss bin. Dabei bekommt sie in der Schule Zweien und ich Einsen. Wer ist also das hellere Köpfchen von uns beiden?

»Wir haben letztes Jahr in der Schule Feuchtgebiete und Regenwälder durchgenommen«, antwortete sie selbstgefällig. »Dieser Tümpel ist deshalb so dickflüssig, weil sich darin Torfmoos gebildet hat. Das Moos wächst und wächst. Es nimmt etwa das Fünfundzwanzigfache seines Eigengewichts an Wasser auf.«

»Es sieht ekelhaft aus«, sagte ich.

»Warum trinkst du nicht einen Schluck davon und findest heraus, wie es schmeckt?«, drängte sie mich.

Sie versuchte, mich noch einmal zu schubsen, aber ich duckte mich und wich ihr aus. »Ich habe keinen Durst«, murmelte ich. Das war zwar keine besonders schlaue Antwort, aber die beste, die mir auf die Schnelle einfiel.

»Lass uns zurückgehen«, sagte sie und wischte sich mit der Hand den Schweiß von der Stirn. »Mir ist schrecklich heiß.«

»Also gut«, stimmte ich widerwillig zu. »Immerhin war das schon mal ein richtig netter Spaziergang.«

Wir machten kehrt und gingen den Hügel wieder hinunter. »He, sieh mal!«, rief ich und zeigte auf zwei schwarze Umrisse, die hoch über uns unter einer weißen Wolke schwebten.

»Falken«, sagte Emily, die sich die Augen mit der Hand beschirmte. »Zumindest *glaube* ich, dass es Falken sind. Es ist schwer zu erkennen. Auf jeden Fall sind sie groß.«

Wir beobachteten die Vögel, bis wir sie nicht mehr sehen konnten. Dann setzten wir unseren Weg fort, wobei wir sorgfältig darauf achteten, wohin wir auf dem feuchten Untergrund traten.

Am Fuß des Hügels verschnauften wir eine Weile im Schatten.

Mittlerweile schwitzte ich richtig. Mein Nacken war heiß und juckte. Ich rieb mit der Hand darüber, aber das nützte nichts.

Der Wind hatte sich gelegt und die Luft war drückend und schwer. Nichts regte sich.

Ein lautes Krächzen ließ mich aufblicken. Zwei riesige schwarze Vögel saßen auf einem der unteren Äste einer Zypresse und spähten auf uns herab. Sie krächzten noch einmal, als wollten sie uns sagen, dass wir von hier verschwinden sollten.

»Hier geht's lang«, sagte Emily mit einem Seufzer.

Ich folgte ihr. Es kratzte und juckte mich am ganzen Körper. »Ich wünschte, wir hätten in unserem neuen Haus einen Swimmingpool«, sagte ich. »Ich würde auf der Stelle mitsamt meinen Klamotten hineinspringen!«

Während wir weitergingen, wurden die Bäume allmählich immer dicker und das Licht dämmriger. Schließlich endete der Pfad und wir mussten uns einen Weg durch hohe, buschige Farne bahnen.

»Ich ... ich glaube, wir sind hier vorhin nicht vorbeigekommen«, stotterte ich. »Ich glaube, wir sind nicht mehr auf dem richtigen Weg.«

Wir schauten uns ängstlich an. Wir hatten uns verlaufen. Hoffnungslos verlaufen.

4

»Das glaub ich einfach nicht!«, zeterte Emily.

Ihr lautes Geschrei ließ die beiden schwarzen Vögel aufflattern. Mit einem wütenden Krächzen flogen sie davon.

»Was tue ich hier überhaupt?«, rief Emily. Krisensituationen ist sie nicht besonders gewachsen. Als sie in Burlington während ihrer ersten Fahrstunde eine Reifenpanne hatte, ist sie aus dem Wagen gesprungen und davongerannt!

Deshalb erwartete ich auch gar nicht, dass sie jetzt ruhig und gelassen reagierte, sondern, dass sie in Panik geriet. Und genau das tat sie auch.

Ich bin der Besonnene in der Familie. Ich komme ganz nach meinem Dad, der nüchtern, sachlich und wissenschaftlich ist. »Wir sollten uns einfach an der Sonne orientieren«, sagte ich, während ich das aufgeregte Flattern in meiner Brust ignorierte.

»An was für einer Sonne?«, schrie Emily und rang die Hände.

Es war recht dunkel, da die Palmen mit ihren breiten Blättern ein ziemlich dichtes Dach über uns bildeten.

»Na ja, dann richten wir uns eben nach dem Moos«,

schlug ich vor. Das Flattern in meiner Brust wurde stärker. »Moos wächst doch an der Nordseite der Bäume, oder?«

»An der Ostseite, glaube ich«, murmelte Emily. »Oder war's die Westseite?«

»Ich bin mir ziemlich sicher, dass es die Nordseite ist«, sagte ich und guckte mich um.

»Ziemlich sicher? Was nützt uns ›ziemlich sicher‹?«, kreischte Emily.

»Vergiss das Moos«, sagte ich und verdrehte die Augen. »Ich weiß noch nicht einmal genau, wie Moos aussieht.«

Wir starrten uns einen langen Moment lang an.

»Hattest du nicht immer einen Kompass dabei?«, fragte sie. Ihre Stimme klang ein wenig unsicher.

»Klar. Als ich vier war«, antwortete ich.

»Ich kann einfach nicht glauben, wie dumm wir waren«, jammerte Emily. »Wir hätten einen dieser Sender mitnehmen sollen. Du weißt schon, die für die Rehe. Dann hätte Dad uns orten können.«

»Ich hätte eine Jeans anziehen sollen«, brummte ich, als ich mehrere rote Punkte an meiner Wade entdeckte. Giftsumach? Eine Art Ausschlag?

»Was sollen wir jetzt tun?«, fragte Emily ungeduldig und wischte sich mit der Hand über die Stirn.

»Zurück auf den Hügel gehen, schätze ich«, erklärte ich ihr. »Da gab es keine Bäume und es war hell. Am Sonnenstand können wir uns ausrechnen, in welcher Richtung unser Zuhause liegt.«

»Aber wo geht's hier zu dem Hügel?«, wollte Emily wissen.

Ich drehte mich um. Lag er hinter uns? Oder rechts von uns? Ein kalter Schauder lief mir den Rücken hinab, als ich mir eingestand, dass ich mir nicht sicher war.

Ich zuckte die Achseln. »Wir haben uns total verirrt«, murmelte ich und seufzte.

»Lass uns da langgehen«, sagte Emily und stiefelte los. »Ich habe so das Gefühl, dass das der richtige Weg ist. Wenn wir zu dem Torftümpel kommen, wissen wir, dass wir richtig sind.«

»Und wenn nicht?«, fragte ich sie.

»Dann kommen wir vielleicht woandershin«, antwortete sie.

Na fabelhaft!

Doch ich sah keinen Sinn darin, mit ihr zu streiten. Also folgte ich ihr.

Wir liefen schweigend nebeneinanderher. Um uns herum zirpten die Insekten und ab und zu schreckte uns ein Vogelruf auf. Nach kurzer Zeit mussten wir uns einen Weg durch hohe, steife Schilfrohre bahnen.

»Sind wir vorhin hier vorbeigekommen?«, fragte Emily.

Ich konnte mich nicht daran erinnern. Ich drückte ein Schilfrohr beiseite und fasste dabei in etwas Klebriges. »Igitt!«

»Sieh mal!« Emilys aufgeregter Ruf ließ mich von der grünen Pampe aufblicken, die an meiner Hand hing.

Der Tümpel! Er lag direkt vor uns. Es war derselbe bemooste Tümpel, an dem wir auf dem Hinweg vorbeigekommen waren.

»Juhu!«, schrie Emily. »Ich wusste ja *gleich*, dass ich recht hatte! Ich hatte es einfach im Gefühl.«

Beim Anblick des gurgelnden grünen Teiches fühlten wir uns beide gleich besser. Kaum hatten wir ihn hinter uns gelassen, begannen wir zu laufen. Nun wussten wir, dass wir auf dem richtigen Weg waren und schon so gut wie zu Hause.

»Geschafft!«, rief ich freudestrahlend und überholte meine Schwester. »Gleich haben wir es geschafft!«

Jetzt ging es mir wieder blendend.

Doch da griff etwas nach mir, packte mich am Knöchel und zog mich auf den Sumpfboden hinab.

5

Ich stürzte und landete unsanft auf Ellbogen und Knie. Mir schlug das Herz bis zum Hals und ich hatte den Geschmack von Blut im Mund.

»Steh auf! Steh auf!«, brüllte Emily.

»Es … es hat mich erwischt!«, schrie ich mit erstickter, bebender Stimme.

Das Flattern in meiner Brust war zu einem Hämmern geworden. Wieder schmeckte ich Blut.

Als ich die Augen hob, sah ich, dass Emily lachte.

Lachte?

»Das ist doch nur eine Baumwurzel«, sagte sie und deutete darauf.

Ich schaute in die Richtung, in die ihr Finger wies – und erkannte sofort, dass ich nicht nach unten gezogen worden war, sondern über eine der vielen Baumwurzeln gestolpert, die sich über den Boden schlängelten.

Ich starrte auf die Wurzel, die an einen Knochen erinnerte. Sie war in der Mitte gebogen und sah wie ein dürres weißes Bein aus.

Aber wieso schmeckte ich Blut?

Meine Lippe schmerzte. Offensichtlich hatte ich mir im Fallen darauf gebissen.

Mit einem lauten Stöhnen rappelte ich mich auf. Meine Knie taten weh, meine Lippe brannte, und Blut lief mir übers Kinn hinab.

»Das war ganz schön tollpatschig«, sagte Emily leise. Dann fügte sie hinzu: »Alles in Ordnung mit dir?« Sie wischte mir am Rücken ein paar trockene Blätter vom T-Shirt.

»Ja, ich glaube schon«, gab ich zur Antwort. Ich war noch immer ein bisschen wackelig auf den Beinen. »Ich dachte wirklich, etwas hätte mich gepackt.« Ich rang mir ein Lachen ab.

Sie legte mir eine Hand auf die Schulter, und wir setzten unseren Weg langsam, Seite an Seite, fort.

Dünne Lichtstrahlen fielen durch das dichte Blätterwerk herab und malten vor uns Punkte auf die Erde. Alles sah unwirklich aus, wie in einem Traum.

Irgendein Tier glitt geräuschvoll hinter einer Gruppe niedriger Sträucher an uns vorbei. Emily und ich drehten uns gar nicht erst nach ihm um. Wir wollten nur noch nach Hause.

Es dauerte nicht lange, bis wir feststellten, dass wir wieder in die falsche Richtung liefen. Verwirrt blieben wir am Rand einer kleinen kreisförmigen Lichtung stehen. Über uns zwitscherten Vögel. Eine leichte Brise ließ die Blätter der Palmen rascheln und knacken.

»Was sind das für riesige graue Dinger?«, fragte ich, während ich mich hinter meiner Schwester hielt.

»Pilze, denke ich«, antwortete sie leise.

»Pilze so groß wie Fußbälle«, murmelte ich.

Wir entdeckten die kleine Hütte gleichzeitig.

Sie lag auf der anderen Seite der pilzbewachsenen

Lichtung im Schatten zweier kleiner Zypressen verborgen.

Verblüfft starrten wir sie stumm und mit großen Augen an. Schließlich gingen wir zögernd ein paar Schritte auf sie zu.

Die Hütte war klein und niedrig, kaum höher als ich. Das Dach war mit langen Schilfrohren und Laub gedeckt. Die Wände bestanden aus dicken Lagen getrockneter Palmblätter. Die Tür war aus dünnen zusammengebundenen Ästen gefertigt und geschlossen. Es gab keine Fenster.

Wenige Schritte von der Tür entfernt bildeten Ascheреste einen Kreis auf dem Boden. Die Überbleibsel eines Lagerfeuers.

Neben der Hütte entdeckte ich ein Paar alter Arbeitsstiefel, leere Blechdosen und eine Wasserflasche, die ebenfalls leer und teilweise zerdrückt war.

Ich wandte mich zu Emily um und flüsterte: »Glaubst du, dass hier jemand wohnt? Mitten im Sumpf?«

Sie zuckte die Achseln. In ihrem Gesicht spiegelte sich Angst.

»Wenn hier jemand wohnt, kann er uns vielleicht den Weg nach Hause zeigen«, meinte ich.

»Vielleicht«, murmelte Emily, ohne die Augen von der kleinen, im Schatten liegenden Hütte abzuwenden.

Wir gingen noch ein paar Schritte näher heran.

Warum sollte jemand in so einer winzigen Hütte mitten im Sumpf leben?, fragte ich mich.

Plötzlich schoss mir eine Antwort durch den Kopf: Weil der Bewohner sich vor der Welt verstecken wollte!

»Das ist ein Versteck«, murmelte ich, ohne recht zu

bemerken, dass ich es laut aussprach, »das Versteck eines Verbrechers, Bankräubers oder *Mörders.*«

»Psst.« Emily legte mir einen Finger auf den Mund, damit ich schwieg, und berührte dabei die Wunde an meiner Lippe. Ich zuckte zurück.

»Jemand zu Hause?«, rief sie. Ihre Stimme kam leise und zittrig heraus, so leise, dass sie kaum zu hören war. »Jemand zu Hause?«, wiederholte sie ein wenig kräftiger.

Ich fiel in ihr Rufen ein. Gemeinsam schrien wir: »Jemand zu Hause? Ist da jemand?«

Wir lauschten, hörten aber keine Antwort.

»Ist da drin jemand?«, rief ich noch einmal, dann streckte ich die Hand nach dem Türgriff aus.

6

Gerade als ich die Tür aufziehen wollte, schwang sie auf und wäre beinahe gegen uns geknallt. Wir machten einen Satz rückwärts, als ein Mann aus dem dunklen Inneren der Hütte hervorschoss.

Er funkelte uns wütend mit schwarzen Augen an. Er hatte langes, grauweißes Haar, das ihm in einem lose gebundenen Pferdeschwanz über den Rücken hing.

Sein Gesicht war knallrot, möglicherweise sonnenverbrannt. Oder vielleicht rot vor Wut. Er trat gebückt aus der niedrigen Hütte heraus und starrte uns mit grimmiger Miene drohend an.

Er trug ein weites weißes T-Shirt voller Flecken und Knitterfalten und eine schwarze Hose, die ihm ausgebeult über die Sandalen hing. Während er uns mit seinen eigentümlichen schwarzen Augen ansah, öffnete er den Mund und bleckte zwei Reihen schiefer gelber Zähne.

Dicht an meine Schwester gedrängt, wich ich einen Schritt zurück.

Ich hätte ihn gerne gefragt, wer er war, wieso er mitten im Sumpf lebte und ob er uns helfen konnte, nach Hause zurückzufinden. Ein Dutzend Fragen schoss mir durch den Kopf.

Doch alles, was ich herausbrachte, war: »Ähm... Entschuldigung.«

Plötzlich stellte ich fest, dass Emily bereits davonlief. Ihr Pferdeschwanz flatterte hinter ihr her, als sie durch das hohe Gras hastete.

Eine Sekunde später rannte ich mit klopfendem Herzen hinter ihr her.

»Emily, warte! Warte auf mich!«

Ich spurtete über den unebenen Teppich aus abgestorbenen Blättern und kleinen Zweigen und versuchte sie einzuholen. Beim Laufen warf ich einen Blick zurück – und schrie entsetzt auf: »Emily – er *verfolgt* uns!«

7

Mit gekrümmtem Oberkörper setzte uns der Mann in langen Sätzen nach. Beim Gehen schwang er beide Arme und atmete schwer. Sein Mund stand offen und ließ seine schiefen Zähne sehen.

»Lauf!«, schrie Emily. »Lauf, Grady!«

Wir folgten einem schmalen Pfad, der sich zwischen hoch aufgeschossenem Gras hindurchwand. Der Baumwuchs wurde spärlicher. Wir rannten durch Schatten, Sonnenschein und wieder in den Schatten.

»Emily, warte auf mich!«, rief ich außer Atem, aber sie wurde nicht langsamer.

Linker Hand tauchte ein länglicher, schmaler Teich auf. Seltsame Bäume ragten aus der Mitte der Wasserfläche auf. Die schlanken Stämme waren von einem Gewirr von dunklen Wurzeln umgeben. Mangrovenbäume.

Gerne wäre ich stehen geblieben und hätte die unheimlich aussehenden Bäume genauer betrachtet, aber für eine Besichtigung war jetzt keine Zeit.

Unsere Sandalen sanken im matschigen Boden ein, als wir am Ufer des Teiches entlangrannten. Meine Brust hob und senkte sich und mein Hals war trocken und wie zugeschnürt.

Auf einmal ließ mich ein heftiger Schmerz in der Seite aufschreien. Ich hielt an und rang keuchend nach Luft.

»Er ist fort«, sagte Emily und schluckte. Sie war ein paar Meter vor mir stehen geblieben und lehnte sich an einen Baumstamm. »Wir haben ihn abgehängt.«

Ich beugte meinen Oberkörper nach vorne, mein bewährtes Mittel gegen Seitenstechen. Nach kurzer Zeit wurde mein Atem wieder normal. »Merkwürdiger Kerl«, sagte ich. Mir fiel nichts anderes ein.

»Allerdings, sehr merkwürdig«, pflichtete Emily mir bei. Sie kam zu mir und richtete mich auf. »Alles in Ordnung mit dir?«

»Ich glaube schon.« Zumindest war der Schmerz vergangen. Jedes Mal, wenn ich längere Zeit laufe, bekomme ich grässliches Seitenstechen. Diesmal war es viel schlimmer als sonst gewesen, aber normalerweise laufe ich ja auch nicht um mein Leben!

»Komm«, sagte Emily, ließ mich los und ging rasch den Pfad entlang weiter.

»He, das kommt mir hier irgendwie bekannt vor«, sagte ich. Augenblicklich wurde mir wieder etwas wohler zumute. Ich fing zu laufen an, bis ich Emily eingeholt hatte. Wir kamen an Grüppchen von Bäumen und Farnen vorbei, die mir vertraut erschienen. Auf dem sandigen Untergrund entdeckte ich unsere Fußspuren, die in die entgegengesetzte Richtung liefen.

Kurze Zeit später kam unser Garten in Sicht. »Wir sind zu Hause!«, schrie ich.

Emily und ich traten zwischen den niedrigen Bäumen hervor und liefen auf unser Haus zu.

Mom und Dad waren auf der Terrasse und stellten gerade die Gartenmöbel auf. Dad steckte den Sonnenschirm durch das Loch in der Mitte des weißen Gartentisches in den Betonständer. Mom spritzte die weißen Stühle mit dem Gartenschlauch ab.

»Hallo, willkommen daheim«, sagte Dad lächelnd.

»Wir dachten schon, ihr hättet euch verirrt«, sagte Mom.

»Das haben wir auch!«, rief ich völlig aus der Puste.

Mom drehte die Schlauchdüse zu und der Wasserstrahl versiegte. »Ihr habt *was*?«

»Ein Mann hat uns verfolgt!«, rief Emily aufgeregt. »Ein seltsamer Mann mit langen weißen Haaren.«

»Er lebt in einer Hütte. Mitten im Sumpf«, fügte ich hinzu und ließ mich in einen der Gartenstühle plumpsen. Er war zwar nass, aber das war mir egal.

»Was? Er hat euch verfolgt?« Aufgeschreckt kniff Dad die Augen zusammen. Dann sagte er: »Im Ort habe ich gehört, dass im Sumpf irgendwo ein Einsiedler lebt.«

»Ja, er hat uns verfolgt!«, wiederholte Emily. Ihr normalerweise blasses Gesicht war jetzt knallrot. Ihr Haar war zerzaust und hing ihr in wilden Strähnen ins Gesicht. »Es war echt zum Fürchten.«

»Ein Mann im Eisenwarenladen hat mir von ihm erzählt«, sagte Dad. »Er meinte, der Kerl wäre sonderbar, aber völlig harmlos. Niemand weiß, wie er heißt.«

»Harmlos?«, rief Emily. »Und warum hat er uns dann verfolgt?«

Dad zuckte die Achseln. »Ich wiederhole nur, was ich gehört habe. Offensichtlich lebt der Einsiedler schon sein halbes Leben im Sumpf. Mutterseelenallein. Er kommt nie in den Ort.«

Mom ließ den Gartenschlauch fallen, ging zu Emily und legte ihr eine Hand auf die Schulter. Im hellen Sonnenschein sahen die beiden wie Schwestern aus. Sie sind beide groß und schlank und haben langes blondes Haar. Ich sehe mehr wie mein Dad aus. Mit gewelltem, braunem Haar, dunklen Augen und einer stämmigen Statur.

»Vielleicht sollten sie besser nicht mehr allein in den Sumpf gehen«, sagte Mom, die sich besorgt auf die Unterlippe biss. Sie band Emilys Haare wieder zu einem Pferdeschwanz zusammen.

»Dieser Einsiedler soll völlig harmlos sein«, wiederholte Dad. Er bemühte sich noch immer, den Sonnenschirm in den Betonständer zu stecken, aber jedes Mal, wenn er ihn absenkte, glitt die Stange an der Öffnung vorbei.

»Moment, Dad. Ich helfe dir.« Ich krabbelte unter den Tisch und führte die Stange des Sonnenschirms in den Ständer ein.

»Macht euch keine Sorgen«, sagte Emily. »Mich bringen sowieso keine zehn Pferde wieder in den Sumpf.« Sie kratzte sich an beiden Schultern. »Wahrscheinlich juckt es mich jetzt für den Rest meines Lebens!«, stöhnte sie.

»Wir haben eine Menge toller Dinge gesehen«, sagte ich, während ich mich langsam wieder normal fühlte. »Ein Torfloch und Mangrovenbäume …«

»Ich hab euch doch gesagt, dass ein Spaziergang im Sumpf ein spannendes Erlebnis ist«, sagte Dad, während er die weißen Stühle um den Tisch stellte.

»Ein sehr spannendes Erlebnis«, brummelte Emily und verdrehte die Augen. »Ich gehe jetzt unter die Dusche. Wenn ich eine Stunde darunter bleibe, hört die Juckerei vielleicht auf.« Damit stapfte sie zum Hintereingang des Hauses.

Mom sah Emily kopfschüttelnd nach. »Das wird ein hartes Jahr für Emily werden«, murmelte sie.

Dad wischte sich die schmutzigen Hände an seiner Jeans ab. »Komm mit, Grady«, sagte er und winkte mir, ihm zu folgen. »Es wird Zeit, die Rehe zu füttern.«

Beim Abendessen unterhielten wir uns noch einmal über Sümpfe. Dad erzählte uns, wie sie die südamerikanischen Sumpfrehe gejagt und gefangen hatten, die er nun für sein Experiment einsetzte.

Dad und seine Helfer hatten wochenlang in südamerikanischen Dschungeln nach den Tieren gesucht. Sie benutzten Betäubungsgewehre, um die Rehe zu fangen. Anschließend mussten die Rehe mit Hubschraubern herausgeholt werden, worüber die Tiere gar nicht glücklich waren.

»Dieser Sumpf, in dem ihr zwei euch heute umgeschaut habt«, sagte er, während er Spaghetti auf die Gabel wickelte. »Wisst ihr, wie man den nennt? Fiebersumpf. Zumindest die Leute hier in der Gegend nennen ihn so.«

»Wieso?«, fragte Emily. »Weil es darin so heiß ist?«

Dad kaute und schluckte einen Mund voll Spaghetti. Rings um seinen Mund klebten orange Tomatensoßenkleckse. »Ich weiß nicht, warum er Fiebersumpf genannt wird, aber ich werde es sicher bald herausfinden.«

»Wahrscheinlich wurde er von jemandem namens Fieber entdeckt«, witzelte Mom.

»Ich will zurück nach Vermont!«, jammerte Emily.

Nach dem Abendessen ertappte ich mich dabei, dass ich auch ein wenig Heimweh hatte. Ich nahm einen Tennisball und ging damit nach draußen, hinters Haus. Ich dachte, ich könnte ihn vielleicht gegen die Hauswand werfen und auffangen, wie ich das in unserem früheren Zuhause immer gemacht hatte. Doch das Rehgehege war mir im Weg.

Ich dachte an meine beiden besten Freunde in Burlington: Ben und Adam. Wir hatten in derselben Straße gewohnt und uns nach dem Abendessen immer getroffen. Wir hatten dann Ball gespielt oder waren zum Sportplatz gegangen, um einfach nur so herumzuhängen.

Während ich den Rehen zuschaute, die im Gehege hin und her liefen, merkte ich, dass ich meine Freunde wirklich vermisste. Ich fragte mich, was sie im Moment wohl gerade machten. Wahrscheinlich waren sie bei Ben im Garten.

Ein wenig geknickt wollte ich gerade ins Haus zurück, um zu sehen, was im Fernsehen lief – als mich plötzlich eine Hand von hinten packte.

Der Einsiedler aus dem Sumpf!

8

Er hat mich gefunden! Der Einsiedler hat mich gefunden! Und jetzt hat er mich geschnappt!

Das waren die Gedanken, die mir durch den Kopf schossen.

Ich fuhr herum – und stieß einen verblüfften Schrei aus, als ich feststellte, dass es gar nicht der Einsiedler aus dem Sumpf war, sondern ein Junge.

»Hallo«, sagte er. »Ich dachte, du hättest mich gesehen. Ich wollte dich nicht erschrecken.« Er hatte eine komische Stimme, rau und heiser.

»Oh, äh … schon in Ordnung«, stotterte ich.

»Ich hab dich gestern in eurem Garten gesehen«, sagte er. »Ich wohne da drüben.« Er deutete auf das Haus zwei Türen weiter. »Du bist gerade erst eingezogen?«

Ich nickte. »Ja. Ich bin Grady Tucker.« Ich klatschte mir den Tennisball in die eine Hand. »Wie heißt du?«

»Will. Will Blake«, sagte er mit seiner heiseren Stimme. Er hatte etwa meine Größe, war aber schwerer, irgendwie massiger. Er hatte breite Schultern, einen kräftigen Nacken und erinnerte mich an einen Footballlinienrichter.

Er hatte dunkelbraunes, ziemlich kurz geschnittenes Haar. Oben stand es gerade in die Höhe, wodurch es wie ein Flachdach aussah, und an den Seiten war es nach hinten gekämmt. Er trug ein blau-weiß gestreiftes T-Shirt und abgeschnittene Jeans-Shorts.

»Wie alt bist du?«, fragte er.

»Zwölf«, antwortete ich.

»Ich auch«, sagte er und schielte über meine Schulter hinweg zu den Rehen. »Ich dachte, du wärst vielleicht erst elf. Ich meine, du siehst irgendwie jung aus.«

Eigentlich fand ich diese Bemerkung beleidigend, entschied mich aber dafür, sie zu übergehen. »Wie lange wohnst du schon hier?«, fragte ich, während ich den Tennisball von einer Hand in die andere warf.

»Ein paar Monate«, sagte Will.

»Gibt es hier noch mehr Kinder in unserem Alter?«, fragte ich und ließ meinen Blick über die sechs nebeneinander stehenden Häuser wandern.

»Ja, eines«, antwortete Will. »Aber es ist ein Mädchen. Und es ist ein bisschen verrückt.«

In der Ferne versank die Sonne hinter den Bäumen des Sumpfes. Der Himmel färbte sich dunkelrot. Unvermittelt wurde die Luft kühler. Als ich zum Himmel hinaufschaute, sah ich den bleichen Mond. Er war nahezu voll.

Will steuerte auf das Rehgehege zu und ich folgte ihm. Er ging schwerfällig, seine breiten Schultern hoben und senkten sich bei jedem Schritt. Er streckte die Hand durch den Maschendrahtzaun und ließ sie sich von einem der Rehe abschlecken.

»Dein Vater arbeitet auch für die Forstverwaltung?«,

fragte er, die Augen aufmerksam auf die Rehe gerichtet.

»Nein«, antwortete ich. »Meine Mom und mein Dad sind Wissenschaftler. Sie beobachten diese Rehe.«

»Sehen seltsam aus, diese Rehe«, sagte Will. Er zog seine nasse Hand aus dem Gehege zurück und betrachtete sie. »Igitt. Rehschlatz.«

Ich lachte. »Sie werden Sumpfrehe genannt«, erklärte ich ihm und warf ihm den Tennisball zu. Wir traten vom Gehege weg und spielten mit dem Ball.

»Bist du schon im Sumpf gewesen?«, fragte er.

Ich verbummelte den Ball und musste ihm übers Gras hinterherlaufen. »Ja, heute Nachmittag«, erzählte ich ihm. »Meine Schwester und ich, wir haben uns verlaufen.«

Er kicherte.

»Weißt du, wieso er Fiebersumpf genannt wird?«, fragte ich und warf ihm den Ball in hohem Bogen zu.

Mittlerweile war es schon recht dunkel geworden und man konnte kaum noch etwas erkennen. Trotzdem fing er den Ball mit einer Hand. »Ja, mein Dad hat es mir erzählt«, sagte Will. »Ich glaube, es war vor ungefähr hundert Jahren, vielleicht ist es auch schon länger her, da erkrankten alle im Ort an einem Fieber.«

»Alle?«, fragte ich.

Er nickte. »Alle, die im Sumpf gewesen waren.« Er hielt den Ball fest und kam näher. »Mein Dad sagt, dieses Fieber hätte wochenlang gedauert, manchmal sogar Monate. Und eine Menge Leute sind daran gestorben.«

»Das ist ja schrecklich«, murmelte ich und warf einen Blick zu den dunklen Bäumen am Rand des Sumpfes.

»Und diejenigen, die nicht daran starben, wurden ganz wunderlich«, fuhr Will fort. Er hatte kleine, runde Augen, die während seiner Erzählung funkelten. »Sie begannen wirres Zeug zu reden und sie konnten nicht mehr richtig gehen. Sie fielen ständig hin oder liefen im Kreis herum.«

»Seltsam«, sagte ich, die Augen immer noch auf den Sumpf gerichtet. Der Himmel verdunkelte sich von Tiefrot zu Dunkelviolett. Der Mond, der beinahe rund war, schien heller zu leuchten.

»Und seit dieser Zeit nennen die Leute ihn Fiebersumpf«, beendete Will seine Geschichte. Er warf mir den Tennisball zu. »Ich gehe jetzt besser nach Hause.«

»Bist du dem Einsiedler im Sumpf schon mal begegnet?«, fragte ich.

Er schüttelte den Kopf. »Nein. Ich habe von ihm gehört, aber ich bin ihm noch nie begegnet.«

»Ich schon«, erzählte ich ihm. »Meine Schwester und ich haben ihn heute Nachmittag gesehen. Wir haben seine Hütte entdeckt.«

»Das ist ja cool!«, rief Will aufgeregt. »Habt ihr mit ihm gesprochen?«

»Nein«, antwortete ich, »aber er hat uns verfolgt.«

»Wirklich?« Wills Miene wurde nachdenklich. »Wieso?«

»Ich weiß nicht. Wir hatten jedenfalls ganz schön Schiss«, gestand ich.

»Ich muss gehen«, sagte Will und lief über den Rasen auf sein Haus zu. »He, vielleicht können du und ich uns ja mal gemeinsam im Sumpf umsehen«, rief er über seine Schulter zurück.

»Klar. Fände ich toll!«, antwortete ich.

Meine Stimmung hob sich gleich ein bisschen. Ich hatte einen neuen Freund gefunden. Vielleicht wird es hier doch gar nicht so schlimm werden, dachte ich.

Ich beobachtete, wie Will zwei Häuser weiter um die Ecke bog. Das Haus sah fast genauso wie unseres aus, außer dass natürlich kein Rehgehege im Garten stand. Dafür sah ich allerdings eine Schaukel mit einer angebauten kleinen Rutsche und einer Wippe. Ich fragte mich, ob er wohl einen kleinen Bruder oder ein Schwesterchen hatte.

Als ich zum Haus zurückkehrte, dachte ich kurz an Emily. Sie würde bestimmt neidisch werden, wenn sie erfuhr, dass ich bereits einen Freund gefunden hatte. Die arme Emily war schrecklich betrübt, weil sie diese Pappnase Martin nicht mehr um sich hatte.

Ich hatte Martin nie leiden können. Er nannte mich immer »Kleiner«.

Ich sah zu, wie sich eines der Rehe auf dem Boden niederließ und die Beine graziös unter sich faltete. Ein weiteres Reh folgte seinem Beispiel. Sie richteten sich auf die Nacht ein.

Ich ging ins Haus und gesellte mich im Wohnzimmer zu meiner Familie. Sie sahen sich eine Dokumentation über Haie an. Meine Eltern *lieben* Tierfilme. Große Überraschung, wie?

Ich setzte mich ein Weilchen dazu, bis mir auffiel, dass ich mich nicht besonders gut fühlte. Ich hatte Kopfschmerzen, meine Schläfen pochten, und ich fröstelte.

Ich sagte es Mom, die daraufhin aufstand und an

meinen Sessel trat. »Du siehst ein wenig erhitzt aus«, sagte sie und betrachtete mich besorgt. Sie legte mir ihre kühle Hand auf die Stirn und ließ sie ein paar Sekunden dort ruhen.

»Grady, ich glaube, du hast leichtes Fieber«, sagte sie.

9

Ein paar Nächte darauf hörte ich das seltsame, grauenerregende Heulen zum ersten Mal.

Das Fieber war auf 39 Grad angestiegen und einen ganzen Tag lang so geblieben. Dann war es verschwunden, kurz darauf aber wieder gekommen.

»Das ist das Sumpffieber!«, hatte ich meinen Eltern früher am Abend erklärt. »Bald werde ich mich so benehmen, als sei ich verrückt geworden.«

»Du benimmst dich doch *jetzt* schon so, als seist du verrückt«, triezte mich Mom. Sie reichte mir ein Glas Orangensaft. »Trink. Du musst viel Flüssigkeit zu dir nehmen.«

»Trinken hilft bestimmt nicht gegen das Sumpffieber«, widersprach ich niedergeschlagen, nahm das Glas aber trotzdem. »Dafür gibt es keine Heilung.«

»Ach was«, sagte Mom. Dad las ungerührt seine wissenschaftliche Zeitschrift weiter.

In dieser Nacht hatte ich merkwürdige Träume, beunruhigende Träume. Ich war wieder in Vermont und lief durch den Schnee. Jemand oder etwas verfolgte mich. Ich dachte, es wäre womöglich der Einsiedler aus dem Sumpf, und rannte um mein Leben. Dabei war mir schrecklich kalt und ich fröstelte.

Ich blickte hinter mich, um zu sehen, wer mich verfolgte, aber es war niemand da. Und plötzlich fand ich mich im Sumpf wieder. Ich versank in einer weichen Stelle, die um mich herum grün und dicklich gurgelte und brodelte. Von den schmatzenden Geräuschen wurde mir beinahe übel.

Ich wurde hinabgezogen. Immer tiefer hinab …

Da weckte mich das Heulen auf.

Ich setzte mich auf und starrte durch das Fenster zum fast vollen Mond hinauf, der silbrig und leuchtend vor dem blau-schwarzen Himmel schwebte, direkt vor dem Fenster.

Ein weiteres lang gezogenes Heulen stieg in die Nachtluft auf.

Ich bemerkte, dass ich am ganzen Leib zitterte. Ich war schweißgebadet und das Schlafanzugoberteil klebte mir am Rücken.

Die Hände in die Decke gekrallt, lauschte ich angestrengt.

Wieder hörte ich das Heulen. Lang gezogen und wütend.

Aus dem Sumpf?

Die Rufe schienen von draußen zu kommen, direkt vor dem Fenster.

Ich schlug die Decke zurück und stellte die Füße auf den Boden. Ich zitterte noch immer und hatte pochende Kopfschmerzen, als ich aufstand. Vermutlich hatte ich Fieber.

Und noch einmal vernahm ich ein gedehntes Heulen.

Auf wackligen Beinen tapste ich den Flur entlang. Ich musste herausfinden, ob meine Eltern die Laute auch gehört hatten.

In der Dunkelheit stieß ich gegen einen niedrigen Tisch im Flur. Ich war mit dem neuen Haus noch immer nicht richtig vertraut. Während ich mir das schmerzende Knie rieb, wartete ich darauf, dass sich meine Augen an die Dunkelheit gewöhnten. Dann setzte ich meinen Weg fort. Meine Füße waren kalt wie Eisklumpen, aber mein Kopf fühlte sich so an, als stünde er in Flammen.

Das Schlafzimmer meiner Eltern lag direkt hinter der Küche im rückwärtigen Teil des Hauses. Ich hatte halb die Küche durchquert, als ich jäh stehen blieb.

Was war das für ein Geräusch?

Ein Kratzen.

Mir stockte der Atem und ich erstarrte. Ganz still stand ich da und lauschte.

Da war es wieder! Ich hörte es über das Hämmern meines Herzens hinweg.

Kratz, kratz, kratz.

Jemand – oder etwas – kratzte an der Außentür zur Küche.

Dann ertönte wieder ein Heulen. Von ganz Nahem.

Kratz, kratz, kratz.

Was konnte das sein? Irgendein Tier? Direkt vorm Haus? Ein Tier aus dem Sumpf, das heulte und an der Tür kratzte?

Plötzlich bemerkte ich, dass ich die Luft eine ganze Weile angehalten hatte. Geräuschvoll atmete ich aus. Dann spitzte ich erneut die Ohren, strengte mich an, über das Wummern meines Herzens hinweg etwas zu hören.

Mit einem Knacken schaltete sich der Kühlschrank ein. Das laute Geräusch ließ mich fast hochspringen. Ich klammerte mich an der Anrichte fest. Meine Hände waren so kalt wie meine Füße, kalt und klamm.

Kratz, kratz, kratz.

Ich machte einen Schritt auf die Tür zu, dann blieb ich stehen.

Ein Angstschauer lief mir den Rücken hinunter, als mir klar wurde, dass ich nicht alleine war.

Jemand war da, atmete neben mir in der dunklen Küche.

10

Keuchend klammerte ich mich so fest an die Anrichte, dass mir die Hand wehtat.

»W-wer ist da?«, flüsterte ich.

Das Küchenlicht ging an.

»Emily!« Verdattert und erleichtert schrie ich ihren Namen fast. »Emily ...«

»Hast du das Heulen auch gehört?« Ihre Stimme war kaum lauter als ein Flüstern. Ihre blauen Augen brannten sich in meine.

»Ja, es hat mich aufgeweckt«, sagte ich. »Es klingt so wütend.«

»Wie Angriffsschreie«, wisperte Emily. »Wieso siehst du so merkwürdig aus, Grady?«

»Was?« Ihre Frage traf mich völlig unvorbereitet.

»Dein Gesicht ist knallrot«, sagte sie. »Und du zitterst ja am ganzen Leib.«

»Ich glaube, mein Fieber ist wieder da«, erklärte ich ihr.

»Sumpffieber«, murmelte sie, während sie mich eingehend musterte. »Vielleicht ist es das Sumpffieber, von dem du mir erzählt hast.«

Ich wandte mich zur Tür, die nach draußen führte.

»Hast du das Kratzen gehört?«, fragte ich. »Etwas hat an der Hintertür gekratzt.«

»Ja«, flüsterte sie. Sie starrte die Tür an.

Wir lauschten beide, aber nichts war zu hören.

»Glaubst du, dass eines der Rehe ausgebrochen ist?«, fragte sie, die Arme vor ihrem rosa-weißen Bademantel verschränkt. Sie ging ein paar Schritte auf die Tür zu.

»Glaubst du etwa, ein Reh würde an der Tür kratzen?«, fragte ich zurück.

Das war eine so dämliche Frage, dass wir beide losprusteten.

»Vielleicht wollte es ein Glas Wasser!«, rief Emily, und wir brachen erneut in Lachen aus. Ein unsicheres Lachen. Ein nervöses Lachen.

Wir hörten beide gleichzeitig zu kichern auf und lauschten wieder.

Draußen schwoll ein weiteres Heulen an.

Ich sah, wie sich Emilys Augen vor Angst weiteten. »Das ist ein Wolf!«, rief sie mit gedämpfter Stimme und hob erschrocken die Hand vor den Mund. »Nur ein Wolf kann derart heulen, Grady.«

»Emily, nun komm aber …«, wollte ich ihr widersprechen.

»Nein, ich habe recht«, meinte sie hartnäckig. »Das ist Wolfsgeheul.«

»Jetzt hör aber auf«, sagte ich, während ich mich auf einen Küchenstuhl sinken ließ. »In den Sümpfen von Florida gibt es keine Wölfe. Das kannst du in jedem Reiseführer nachlesen. Oder besser noch, frag Mom und Dad. Wölfe leben nicht in Sümpfen.«

Sie wollte etwas entgegnen, doch ein Kratzen an der Tür ließ sie innehalten.

Kratz, kratz, kratz.

Wir hörten es beide und schnappten nach Luft.

»Was ist das?«, flüsterte ich. Als ich ihren Blick sah, fügte ich rasch hinzu: »Jetzt sag bloß nicht, es wäre ein Wolf.«

»Ich … ich weiß nicht«, antwortete sie, beide Hände ans Gesicht erhoben. An ihrer Miene konnte ich ablesen, dass sie kurz davor war, in Panik zu geraten. »Wir sollten Mom und Dad holen.«

Ich umfasste die Türklinke. »Lass uns vorher kurz selbst nachsehen«, sagte sie.

Ich habe keine Ahnung, wo ich auf einmal diesen Mut hernahm. Vielleicht lag es am Fieber. Aber ganz plötzlich wollte ich dem Rätsel auf den Grund gehen.

Wer oder was kratzte da an der Tür?

Es gab eine einfache Möglichkeit, das herauszufinden – ich brauchte nur die Tür zu öffnen und hinauszuschauen.

»Nein, Grady – warte!«, bat Emily.

Doch ich wischte ihren Protest beiseite, drückte die Türklinke herunter und zog die Tür auf, die nach draußen führte.

11

Ein Schwall warmer, schwüler Luft strömte durch die offene Tür herein. Das Zirpen der Zikaden drang mir ans Ohr. Ich hielt die Tür fest und spähte in die Dunkelheit hinaus.

Nichts war zu sehen.

Der runde Mond hing gelb wie eine Zitrone am Himmel. Dünne Fetzen schwarzer Wolken trieben an ihm vorbei.

Plötzlich verstummten die Zikaden und alles war still. Zu still.

Mit zusammengekniffenen Augen starrte ich zum schwarzen Sumpf.

Nichts rührte sich, alles war ruhig.

Allmählich gewöhnten sich meine Augen an die Dunkelheit. Das Gras leuchtete fahl im Mondlicht. In einiger Entfernung, dort, wo der Sumpf begann, konnte ich die schwarzen Umrisse der schief stehenden Bäume erkennen.

Wer oder was hatte an der Tür gekratzt? Verbarg sich der- oder dasjenige nun in der Dunkelheit? Und beobachtete mich?

Wartete er oder es darauf, dass ich die Türe schloss,

um mit dem furchterregenden Geheul fortfahren zu können?

»Grady, mach bitte die Tür zu.«

Meine Schwester klang völlig verängstigt.

»Grady, siehst du etwas? Irgendetwas?«

»Nein«, antwortete ich ihr. »Nur den Mond.«

Ich wagte mich auf die rückwärtige Veranda hinaus. Die Luft war feucht und dampfig, wie im Bad, wenn man heiß geduscht hat.

»Grady, komm zurück und mach die Tür zu.« Emilys Stimme klang schrill und bebte.

Ich warf einen Blick zum Rehgehege hinüber, wo ich schemenhaft die reglosen Tiere ausmachen konnte. Das Gras raschelte im lauen Wind und die Zikaden setzten wieder mit ihrem Zirpkonzert ein.

»Ist da draußen jemand?«, rief ich, doch im selben Augenblick kam ich mir schon dämlich vor.

Da draußen war niemand.

»Grady, mach endlich die Tür zu!«

Ich spürte Emilys Hand an meinem Schlafanzugärmel. Sie zerrte mich in die Küche zurück. Ich schloss die Tür und verriegelte sie.

Mein Gesicht fühlte sich von der dampfigen Nachtluft feucht an. Ich fröstelte und meine Knie zitterten.

»Du siehst irgendwie krank aus«, sagte Emily. Sie warf einen Blick über die Schulter zur Tür. »Hast du irgendetwas gesehen?«

»Nein«, antwortete ich. »Nichts. Es ist ziemlich dunkel da draußen, trotz des Mondes.«

»Was ist denn hier los?« Eine strenge Stimme unterbrach uns und Dad kam in die Küche gepoltert. Dabei zupfte er den Kragen des langen Nachthemdes zurecht, das er immer trug. »Es ist schon nach Mitternacht.« Fragend blickte er von Emily zu mir, dann wieder zu Emily.

»Wir haben ein seltsames Heulen gehört«, sagte Emily. »Es kam von draußen.«

»Und dann hat etwas an der Tür gekratzt«, setzte ich hinzu, während ich mich bemühte, meine zitternden Knie still zu halten.

»Fieberträume«, sagte Dad zu mir. »Guck dich doch nur mal an. Du bist rot wie eine Tomate und schlotterst. Wir werden gleich mal Fieber messen. Du glühst ja richtig.« Er marschierte los, um das Thermometer aus dem Badezimmer zu holen.

»Das war kein Traum«, rief Emily ihm nach. »Ich habe die Geräusche auch gehört.«

In der Küchentür blieb Dad stehen. »Habt ihr nach den Rehen gesehen?«

»Klar. Mit denen ist alles in Ordnung«, sagte ich.

»Dann war es vielleicht nur der Wind. Oder es waren irgendwelche Tiere im Sumpf. Manchmal schläft man in einem neuen Haus schlecht. Alle Geräusche sind einem fremd und unvertraut. Aber nach einer Weile werdet ihr euch daran gewöhnen.«

Ich werde mich *nie* an dieses entsetzliche Heulen gewöhnen, dachte ich starrköpfig, aber ich ging dennoch zurück in mein Zimmer.

Dad maß meine Temperatur. Sie war nur wenig erhöht. »Morgen solltest du eigentlich wieder gesund sein«, sagte er und deckte mich sorgfältig zu. »Und mit der Herumlauferei mitten in der Nacht ist Schluss, in Ordnung?«

Ich murmelte eine Antwort und fiel beinahe augenblicklich in einen unruhigen Schlaf.

Wieder hatte ich sonderbare, beängstigende Träume. Ich träumte, dass ich im Sumpf herumspazierte, wo wieder das Heulen zu hören war. Zwischen den schlanken Baumstämmen konnte ich den Vollmond sehen.

Ich begann zu laufen. Und dann steckte ich plötzlich bis zur Hüfte in zähem, grünem Schlamm. Und das Heulen nahm kein Ende, wieder und wieder hallte es durch die Bäume, während ich im Sumpf versank.

Als ich am nächsten Morgen aufwachte, ging mir der Traum noch immer nach. Ich fragte mich, ob das schaurige Heulen echt gewesen war oder lediglich Bestandteil meines Traums.

Als ich aus dem Bett stieg, stellte ich fest, dass ich mich gut fühlte. Durch das Fenster fiel die helle Morgensonne herein und der Himmel war strahlend blau. Der herrliche Morgen ließ mich meinen Albtraum rasch vergessen.

Ich fragte mich, ob Will an diesem Morgen schon etwas vorhatte. Vielleicht konnten er und ich einen Streifzug durch den Sumpf unternehmen.

Rasch machte ich mich fertig und zog mir eine verwaschene Jeans und ein schwarz-silberfarbenes T-Shirt an. Anschließend verputzte ich hastig einen Teller Frosties, ließ mir von meiner Mom die Stirn fühlen, um sicherzugehen, dass das Fieber vorüber war, und lief dann eilig zur Hintertür.

»Warte«, rief Mom und setzte ihre Kaffeetasse ab. »Wo willst du denn so früh schon hin?«

»Ich will sehen, ob Will zu Hause ist«, sagte ich.

»Vielleicht können wir was zusammen unternehmen oder so.«

»Meinetwegen. Aber übernimm dich nicht«, warnte sie mich. »Versprochen?«

»Klar, versprochen«, antwortete ich.

Ich öffnete die Hintertür, die aus der Küche nach draußen führte, trat in den grellen Sonnenschein hinaus – und brüllte los, als mir ein riesiges, schwarzes Monster an die Brust sprang und mich zu Boden warf.

12

»Es hat mich erwischt!«, kreischte ich, als ich zu Boden ging und das Ungeheuer sich auf mich stürzte.

»Hilfe! *Es schleckt mir das Gesicht ab!*«

So erschrocken wie ich war, dauerte es eine ganze Weile, bis mir klar wurde, dass der vermeintliche Angreifer ein großer Hund war.

Als dann Mom und Dad herauskamen, um mich zu befreien, lachte ich bereits. »He, das kitzelt! Hör auf damit!«

Nachdem meine Eltern den Hund von meiner Brust gezerrt hatten, wischte ich mir mit beiden Händen die Hundespucke vom Gesicht und rappelte mich auf.

»Wo kommst *du* denn her?«, fragte Mom den Hund. Sie und Dad hielten das große Ungetüm fest.

Als die beiden den Hund losließen, blieb er schwanzwedelnd und hechelnd stehen. Seine lange rote Zunge hing buchstäblich bis zum Boden hinab.

»Er ist riesig!«, rief Dad. »Muss wohl ein Schäferhund-Mischling sein.«

Ich war immer noch damit beschäftigt, mir den klebrigen Speichel von den Wangen zu wischen. »Er hat mich zu Tode erschreckt«, bekannte ich. »Stimmt's,

Junge?« Ich strich ihm über das dunkelgraue Fell am Kopf, worauf er noch schneller mit dem langen Schwanz wedelte.

»Er mag dich«, sagte Mom.

»Dabei hat er mich fast *umgebracht*!«, rief ich. »Seht ihn euch an! Er wiegt bestimmt über fünfzig Kilo!«

»Hast *du* letzte Nacht an unserer Tür gekratzt?« Emily tauchte in der Tür auf. Sie trug noch das lange T-Shirt, das ihr als Nachthemd diente. »Ich denke, damit ist das Geheimnis wohl aufgeklärt«, sagte sie zu mir. Dabei gähnte sie schläfrig und schob ihr blondes Haar mit beiden Händen über die Schultern zurück.

»Das denke ich auch«, murmelte ich, ging neben dem großen Hund in die Hocke und streichelte ihm den Rücken. Er wandte mir den Kopf zu und schleckte mir wieder die Wangen ab. »Pfui, Spinne! Hör auf damit!«, sagte ich zu ihm.

»Wem er wohl gehört?«, sagte Mom nachdenklich. »Grady, sieh dir doch sein Halsband an. Da hängt bestimmt eine Hundemarke dran.«

Ich tastete das Fell nach einem Halsband ab. »Da ist nichts«, berichtete ich.

»Vielleicht ist er ein Streuner«, sagte Emily aus der Küche heraus. »Vielleicht hat er deshalb gestern Nacht an der Tür gekratzt.«

»Ja«, sagte ich rasch. »Er braucht ein Zuhause.«

»O nein«, sagte Mom und schüttelte energisch den Kopf. »Ich glaube nicht, dass wir im Augenblick einen Hund brauchen können, Grady. Wir sind gerade eben erst hier eingezogen und …«

»Aber ich brauche ein Haustier!«, beharrte ich. »Es

ist so einsam hier. Ein Hund wäre toll, Mom. Er könnte mir Gesellschaft leisten.«

»Du hast doch die Rehe als Haustiere«, sagte Dad mit einem Stirnrunzeln und wandte sich zum Rehgehege um. Die sechs Rehe standen wachsam am Zaun und blickten den Hund argwöhnisch an.

»Mit Rehen kann man aber nicht spazieren gehen!«, protestierte ich. »Außerdem werdet ihr die Rehe doch bald freilassen, oder nicht?«

»Wahrscheinlich gehört der Hund jemandem«, sagte Mom. »Du kannst doch nicht einfach jeden Hund, der hier vorbeikommt, für dich beanspruchen. Außerdem ist er riesig, Grady. Er ist viel zu groß …«

»Ach, lasst ihn den Hund doch behalten«, rief Emily aus dem Haus heraus.

Ich glotzte verdattert in ihre Richtung. Ich konnte mich nicht daran erinnern, dass Emily und ich bei einer Familienauseinandersetzung jemals auf derselben Seite gestanden hätten.

Die Diskussion ging noch ein paar Minuten lang weiter. Schließlich waren wir uns alle einig, dass der Hund trotz seiner gewaltigen Größe gutmütig und freundlich war. Und er brauchte Zuwendung, das war keine Frage. Ich konnte ihn nicht davon abbringen, mich abzulecken.

Als ich aufschaute, sah ich Will, der aus seinem Haus trat und über die Rasenflächen hinter den Häusern auf uns zukam. Er trug ein ärmelloses blaues T-Shirt und eine blaue Lycra-Radlerhose. »Hallo! Sieh mal, was wir hier gefunden haben!«, rief ich ihm entgegen.

Ich stellte Will Mom und Dad vor. Emily war wieder im Haus verschwunden, um sich anzuziehen.

»Hast du den Hund hier schon mal gesehen?«, fragte Dad Will. »Gehört er irgendjemandem in der Nachbarschaft?«

Will schüttelte den Kopf. »Ne, den hab ich noch nie gesehen.« Er tätschelte dem Hund vorsichtig den Kopf.

»Wo kommst du her?«, fragte ich das Tier direkt und schaute ihm in die Augen. Sie waren blau. Himmelblau.

»Er sieht einem Wolf ähnlicher als einem Hund«, sagte Will.

»Ja, das stimmt«, pflichtete ich ihm bei. »Warst du das, der heute Nacht wie ein Wolf geheult hat?«, wandte ich mich an den Hund. Er versuchte mir die Nase abzulecken, aber ich zog mein Gesicht gerade noch rechtzeitig zurück.

Ich schaute zu Will auf. »Hast du letzte Nacht auch das Heulen gehört? Das war wirklich unheimlich.«

»Nein, ich hab nichts gehört«, antwortete Will. »Ich habe einen tiefen Schlaf. Mein Dad muss mich morgens durch ein Megafon anschreien, damit ich aufwache. Echt!«

Wir lachten alle.

»Er sieht *wirklich* wie ein Wolf aus«, meinte Mom und sah dem Hund in die blauen Augen.

»Wölfe sind dünner«, bemerkte Dad. »Ihre Schnauzen sind schmaler. Er könnte vielleicht ein Wolfsmischling sein, denke ich. Aber in dieser Ecke der Welt ist das nicht besonders wahrscheinlich.«

»Wir sollten ihn ›Wolf‹ nennen«, schlug ich begeistert vor. »Das ist der passende Name für ihn.« Ich stand auf. »Hallo, Wolf«, rief ich dem Hund zu. »Wolf! Hallo, Wolf!«

Seine Ohren richteten sich steil auf.

»Seht ihr? Der Name gefällt ihm!«, rief ich. »Wolf! Wolf!«

Er bellte kurz.

»Kann ich ihn behalten?«, fragte ich.

Mom und Dad tauschten einen langen Blick aus. »Wir werden sehen«, sagte Mom.

Am Nachmittag desselben Tages zogen Will und ich gemeinsam in den Sumpf, um ihn ein bisschen zu erkunden. Meine Albträume waren mir noch immer lebhaft in Erinnerung, aber ich gab mir alle Mühe, sie zu verdrängen.

Es war ein brütend heißer Tag. Die Sonne brannte vom klaren, wolkenlosen Himmel herab. Während wir den Rasen hinter unserem Haus überquerten, hoffte ich, dass es unter dem Blätterdach im Sumpf kühler sein würde.

Ich warf einen Blick zu Wolf zurück, der, alle viere von sich gestreckt, auf der Seite lag und in der heißen Sonne döste.

Vor dem Mittagessen hatten wir ihn mit Roastbeefresten, die vom Vorabend übrig geblieben waren, gefüttert. Hungrig hatte er alles verschlungen, anschließend eine ganze Schüssel Wasser ausgeschlabbert und sich dann vor der rückwärtigen Veranda im Gras ausgestreckt, um ein Nickerchen zu halten.

Will und ich folgten dem Trampelpfad zwischen den schief stehenden Bäumen hindurch. Ein paar schwarzorange Schmetterlinge flatterten über hohe Wildblumen hinweg.

»He!«, schrie ich, als ich mit einem Fuß im morastigen Boden einsank. Als ich den Schuh herauszog, war er mit nassem Sand bedeckt.

»Hast du das Torfloch schon gesehen?«, fragte Will. »Das ist doch stark, oder?«

»Ja, lass uns da hingehen«, sagte ich begeistert. »Wir könnten Stöcke reinwerfen und zusehen, wie sie versinken.«

»Glaubst du, dass schon Menschen im Torfloch versunken sind?«, fragte Will nachdenklich. Er wischte sich eine Mücke von der breiten Stirn und fuhr sich dann durch das kurze, dunkelbraune Haar.

»Möglich«, antwortete ich und folgte ihm, als er vom Pfad abbog und durch hoch aufragendes Schilf stapfte. »Glaubst du, es würde einen wirklich hinunterziehen, so wie Treibsand?«

»Mein Dad sagt, so etwas wie Treibsand gibt es gar nicht«, sagte Will.

»Ich wette, es gibt ihn doch«, erklärte ich ihm. »Und ich wette, dass tatsächlich schon Leute versehentlich in den Torftümpel gefallen und sofort hinabgezogen worden sind. Hätten wir eine Angel dabei, könnten wir versuchen, ihre Knochen herauszufischen.«

»Igitt«, sagte er angewidert.

Wir gingen über einen Teppich von abgestorbenen, braunen Blättern. Sie raschelten laut unter unseren Schuhen, als wir unter einem Palmengewirr auf das Sumpfloch zusteuerten.

Plötzlich blieb Will stehen und legte einen Finger an die Lippen. »Pssttt!«

Ich vernahm es ebenfalls.

Hinter uns raschelte es.

Schritte waren zu hören.

Wir erstarrten und spitzten die Ohren. Die Schritte kamen näher.

Wills dunkle Augen verengten sich ängstlich. »Jemand scheint uns zu folgen«, murmelte er. »Das ist der Sumpfeinsiedler!«

13

»Rasch, versteck dich!«, rief ich.

Sofort huschte Will hinter eine hohe Pflanze. Ich wollte ihm folgen, aber es war nicht genug Platz für uns beide vorhanden.

Auf Händen und Knien kriechend, suchte ich verzweifelt nach einem anderen Versteck.

Das Rascheln wurde lauter, die Schritte kamen näher.

Ich krabbelte auf einige Brombeerbüsche zu. Nein, sie reichten nicht aus, um mich dahinter verbergen zu können. Die Farne mir gegenüber waren zu niedrig.

Mittlerweile waren die Schritte schon in unserer unmittelbaren Umgebung. Gleich würde unser Verfolger auftauchen.

»Geh endlich in Deckung!«, drängte mich Will.

Doch ich hockte wie auf einem Präsentierteller im Freien. Ich hatte keine Chance. In meiner Not beschloss ich zu fliehen und stand auf. Da kam der Verfolger in Sicht.

»Wolf!«, schrie ich.

Bei meinem Anblick begann der große Hund wild mit dem Schwanz zu wedeln und freudig zu bellen. Dann sprang er auf mich zu.

»Nein!«, konnte ich gerade noch schreien, bevor seine Vorderpfoten mit Schwung auf meiner Brust landeten. Ich stolperte rückwärts in das hohe Gestrüpp und warf dabei Will um, der entrüstet »He!« schrie und sich aufrappelte.

Wolf erstickte mich fast, als er mir begeistert das Gesicht ableckte.

»Wolf, runter! Runter!«, schrie ich. Ich stand auf und klaubte mir die welken Blätter vom T-Shirt. »Wolf, das musst du dir echt abgewöhnen«, sagte ich zu ihm. »Du bist schließlich kein kleines Schoßhündchen, sondern ein ausgewachsenes Riesenvieh!«

»Wie hat er uns bloß gefunden?«, fragte Will, während er sich eine Klette vom Hosenboden zupfte.

»Er hat wohl 'ne gute Spürnase«, antwortete ich mit einem Blick auf den glücklich hechelnden Hund. »Vielleicht hat er was von einem Jagdhund geerbt oder so.«

»Jetzt lass uns aber endlich zum Torfloch gehen«, sagte Will ungeduldig. Er wollte gerade vorausgehen, da drängelte sich Wolf an ihm vorbei und trabte, mit den kräftigen Beinen weit ausholend, zielstrebig in die richtige Richtung.

»Es scheint fast, als wüsste Wolf, wo wir hinwollen«, sagte ich ein bisschen überrascht.

»Vielleicht ist er schon einmal hier gewesen«, antwortete Will. »Vielleicht ist er ein Sumpfhund.«

»Ja, vielleicht«, antwortete ich nachdenklich. Woher kommst du, Hund?, fragte ich mich im Stillen. Ganz offensichtlich fühlte er sich im Sumpf zu Hause.

Kurz darauf erreichten wir das Ufer des Torfloches.

Ich wischte mir mit dem Handrücken den Schweiß von der Stirn und betrachtete den ovalen Tümpel.

Die grüne Oberfläche funkelte im Sonnenlicht. Über dem Wasser schwirrten Tausende winziger weißer Insekten, wurden von den Sonnenstrahlen erfasst und glitzerten wie kleine Diamanten.

Will hob einen kleinen Ast auf, brach ihn entzwei und warf eine der beiden Hälften in das Sumpfloch.

Als das Holzstück auf der Wasseroberfläche auftraf, klang das mehr wie *ffank* als *platsch*. Und es blieb einfach darauf liegen. Es versank nicht.

»Merkwürdig«, sagte ich. »Wir sollten es mit etwas Schwererem versuchen.«

Ich sah mich nach einem geeigneten Gegenstand um, doch da erregte ein leises Knurren meine Aufmerksamkeit. Ich drehte mich nach dem Geräusch um und bemerkte erstaunt, dass es von Wolf kam.

Der Hund hatte den großen Kopf gesenkt, die dunklen Lefzen zurückgezogen und zeigte zwei Reihen scharfer Zähne. Er stieß ein leises Knurren aus, dann noch eines. Sein ganzer Körper war angespannt, so, als wollte er angreifen.

»Ich glaube, er wittert Gefahr«, sagte Will leise.

14

Noch einmal knurrte Wolf drohend. Das Fell auf seinem Rücken hatte sich aufgestellt.

Plötzlich hörte ich Zweige knacken und hob den Blick. Eine graue Gestalt huschte hinter dem hohen Gestrüpp auf der anderen Seite des Tümpels vorbei.

»Wer ist das?«, flüsterte Will ängstlich.

Unfähig zu sprechen, blickte ich starr geradeaus.

»Ist das ...«, begann Will.

»Ja«, brachte ich halb erstickt hervor. »Das ist er, der Sumpfeinsiedler.« Rasch kauerte ich mich hin, in der Hoffnung, dass er mich auf diese Weise nicht sehen würde.

Oder hatte er uns bereits entdeckt?

War er die ganze Zeit auf der anderen Seite des Tümpels gewesen?

Will musste meine Gedanken gelesen haben. »Hat dieser Irre uns etwa nachspioniert?«, fragte er leise, während er sich dicht neben mich hockte.

Wolf knurrte wieder leise, er hatte sich nicht von der Stelle bewegt.

In gebückter Haltung rannte ich auf den Hund zu. Um Schutz zu suchen, schätze ich.

Ich beobachtete den seltsamen Mann, der sich einen Weg durch das Dickicht bahnte. Sein langes, grau-weißes Haar war völlig zerzaust und hing ihm wild ins Gesicht. Beim Gehen schaute er sich immer wieder um, als ob er sich vergewissern wollte, dass er nicht verfolgt wurde.

Über der Schulter trug er einen braunen Sack.

Er drehte den Kopf in unsere Richtung. Mein Herz hämmerte, als ich mich tiefer duckte und versuchte, mich hinter Wolf zu verstecken.

Wolfs Ohren waren noch immer aufgestellt und seine Lefzen zurückgezogen, aber er war jetzt still.

Was waren das für dunkle Flecken auf dem schmutzstarrenden Hemd des Einsiedlers?

Blutflecken?

Ein Angstschauer lief mir den Rücken hinunter.

Wolf blickte starr geradeaus, ohne zu blinzeln und ohne einen Muskel zu rühren.

Der Sumpfeinsiedler verschwand hinter hohem Gebüsch. Wir konnten ihn nun nicht mehr sehen, aber noch seine Schritte hören, unter denen herabgefallene Zweige knackten.

Ich warf Wolf einen Blick zu. Der große Hund schüttelte sich, als wollte er den Einsiedler aus seinen Gedanken vertreiben. Schließlich wedelte er bedächtig mit dem Schwanz und seine Muskeln entspannten sich. Er winselte leise, als ob er mir erzählen wollte, wie viel Angst er ausgestanden hätte.

»Ist schon in Ordnung, Junge«, sagte ich ruhig und strich ihm über den Kopf. Sofort hörte er zu winseln auf und leckte mir das Handgelenk.

»Dieser Typ ist unheimlich!«, rief Will und richtete sich langsam auf.

»Er hat sogar dem Hund Angst eingejagt«, sagte ich, während ich Wolf tätschelte. »Was, glaubst du, hatte er in dem Sack?«

»Wahrscheinlich den Kopf von irgendjemandem!«, sagte Will, die dunklen Augen vor Furcht weit aufgerissen.

Ich lachte, brach aber ab, als ich sah, dass Will nicht scherzte. »Es heißt, er wäre harmlos«, sagte ich.

»Er hatte vorne am Hemd überall Blut«, sagte Will mit einem Schauder. Er fuhr sich mit der Hand nervös durchs Haar.

Wolken schoben sich vor die Sonne und es wurde dunkler. Lange Schatten krochen über das Torfloch. Der Stock, den Will geworfen hatte, war verschwunden, vom dickflüssigen, dunklen Wasser verschlungen.

»Lass uns nach Hause gehen«, schlug ich vor.

»Ja, gut«, stimmte Will mir rasch zu.

Ich rief Wolf, der gerade das Gelände erkundete. Gemeinsam machten wir kehrt und gingen den gewundenen Trampelpfad zurück.

Eine leichte Brise strich durch die Bäume und ließ die Palmblätter rascheln. Die Farne zitterten im Wind. Es wurde dunkler und dunkler.

Hinter uns lief Wolf. Ich konnte hören, wie sein Körper an niedrigen Sträuchern vorbeistrich.

Wir waren beinahe an der Stelle angekommen, wo der Sumpf endete und die Grasfläche hinter unserem Haus begann, als Will plötzlich stehen blieb und entsetzt den Mund öffnete.

Ich drehte mich um und folgte seinem Blick.

Ich stieß einen erschrockenen Schrei aus und bedeckte die Augen, um den grauenhaften Anblick nicht länger ertragen zu müssen.

15

Als ich die Augen wieder öffnete, lag der grässliche Haufen noch immer zu meinen Füßen.

»W-was ist das?«, fragte Will stotternd.

Ich brauchte eine ganze Weile, bis ich erkannte, dass wir einen Vogel anstarrten. Einen großen toten Reiher. Lange weiße Federn lagen überall auf dem weichen Boden verstreut.

»Der Sumpfeinsiedler!«, schrie Will.

»Was?«, rief ich. Ich wandte mich von dem grauenhaften Anblick ab und versuchte, das Bild aus meinen Gedanken zu verdrängen.

»Deshalb hatte er das ganze Hemd voller Blut!«, erklärte Will.

»Aber wieso sollte er einen Vogel umbringen?«

»Weil... weil er ein *Monster* ist!«, rief Will aufgebracht.

»Er ist doch nur ein komischer Kauz, der alleine im Sumpf lebt«, sagte ich. »Das hat er nicht getan, Will. Das war irgendein Tier. Sieh mal!« Ich deutete auf die Erde.

Im weichen Untergrund waren Pfotenabdrücke zu sehen, rings um den toten Vogel herum.

»Das sieht nach Hundepfoten aus«, sagte ich.

»Hunde reißen keine Vögel«, antwortete Will ruhig.

In dem Moment kam Wolf durch das Unterholz auf uns zugerannt. Vor dem toten Vogel blieb er stehen und schnüffelte daran herum.

»Geh da weg, Wolf«, befahl ich ihm. »Komm schon, weg da!« Ich packte ihn um den massigen Hals und zerrte ihn zurück.

»Lass uns nach Hause gehen«, sagte Will. »Nichts wie weg von diesem Kadaver. Sonst träume ich heute Nacht noch schlecht.«

Ich zog Wolf mit beiden Händen mit. Vorsichtig gingen wir um den toten Reiher herum und eilten weiter. Weder Will noch ich sprachen ein Wort. Ich schätze, wir hatten immer noch vor Augen, was wir gerade gesehen hatten.

Als wir die Wiese hinter unseren Häusern erreichten, verabschiedete ich mich von Will und sah ihm nach, als er hastig nach Hause ging. Einen Teil des Weges rannte Wolf hinter ihm her, dann machte er kehrt und kam zu mir zurück.

Die späte Nachmittagssonne brach durch die Wolkendecke. Ich schirmte die Augen gegen die plötzliche Helligkeit ab und sah Dad, der im Rehgehege arbeitete.

»He, Dad ...« Ich lief auf ihn zu.

Als ich ihn rief, blickte er auf. Er hatte eine kurze abgeschnittene Jeans und ein ärmelloses gelbes T-Shirt an. Auf dem Kopf trug er eine Schirmmütze, zum Schutz gegen die Sonne. »Was ist los, Grady?«

»Will und ich, wir haben einen toten Reiher entdeckt«, erzählte ich ihm atemlos.

»Wo? Im Sumpf?«, fragte er beiläufig, nahm die Mütze vom Kopf, wischte sich mit dem Handrücken die Stirn ab und setzte die Kappe wieder auf.

»Dad, er ist zerfetzt!«, rief ich aufgeregt.

Er zeigte keine Reaktion. »Das gehört nun mal zum Leben in der Wildnis«, sagte er, hob den Huf eines Rehes an und untersuchte ihn. »Das weißt du doch, Grady. Da kann es ganz schön gewalttätig zugehen. Wir haben uns doch schon darüber unterhalten, dass nur die Stärksten überleben.«

»Nein, Dad, das meine ich nicht.« Ich ließ nicht locker. »Dieser Reiher wurde aufgeschlitzt. Jemand hat ihn gepackt und ...«

»Vielleicht ein anderer Vogel«, sagte Dad, ohne den Blick vom Huf des Rehs abzuwenden. »Ein größerer Raubvogel. Es könnte ein ...«

»Wir haben den Sumpfeinsiedler gesehen«, unterbrach ich ihn. »Er hatte überall Blut auf dem Hemd. Und um den toten Vogel herum haben wir Pfotenabdrücke entdeckt.«

»Beruhige dich, Grady«, sagte Dad. »Im Sumpf sieht man eine Menge furchterregender Dinge. Aber pass auf, dass deine Fantasie nicht mit dir durchgeht.«

»Will glaubt, es sei ein Monster gewesen!«, rief ich aufgebracht.

Dad runzelte die Stirn und kratzte sich durch die Kappe hindurch am Kopf. »Ich sehe schon, dein neuer Freund hat wohl ebenfalls reichlich Fantasie«, sagte er ruhig.

An diesem Abend war ich heilfroh, dass Wolf bei mir schlafen durfte. Mit dem großen Hund im Zimmer, der sich neben meinem Bett auf dem Teppich zusammenrollte, fühlte ich mich gleich viel sicherer.

Ich hatte es nicht geschafft, das grässliche Bild des toten Reihers aus meinen Gedanken zu verdrängen. Bis zum Abendessen sah ich fern. Danach spielte ich mit Emily eine lange Partie Schach. Aber womit ich mich auch beschäftigte, ich hatte ständig den toten Vogel auf dem Pfad vor Augen.

Deshalb fand ich es beruhigend, dass Wolf in meinem Zimmer schlief. »Du beschützt mich, Junge, stimmt's?«, flüsterte ich ihm vom Bett aus zu.

Wolf schnaubte leise. Im Schein des Vollmonds, der durch das Fenster hereinfiel, sah ich, dass er seinen Kopf auf die beiden Vorderpfoten gelegt hatte.

Dann fiel ich in einen traumlosen Schlaf.

Ich habe keine Ahnung, wie lange ich schlief, aber irgendwann wurde ich von einem fürchterlichen Krach aus dem Schlaf gerissen. Mit einem erschrockenen Keuchen fuhr ich in die Höhe.

Der Lärm war aus dem Wohnzimmer gekommen. Offensichtlich versuchte da jemand einzubrechen!

16

Mit klopfendem Herzen kroch ich aus dem Bett und schlich zur Tür.

Wieder krachte etwas. Dann hörte ich Schritte.

»Wer ist da?«, rief ich, aber meine Stimme kam nur als leises Flüstern heraus.

Ich drückte mich an die Wand und ging langsam auf das Wohnzimmer zu.

»Wer ist da?«, sagte ich noch mal.

Im Flur stießen Mom, Dad und Emily zu mir. Trotz der Dunkelheit konnte ich auf ihren Gesichtern Angst und Verwirrung erkennen.

Ich war als Erster im Wohnzimmer. Das bleiche Mondlicht erhellte den Raum. »He!«, rief ich.

Wolf sprang gerade mit einem Satz auf das große Fenster zu. Es schepperte laut, als er mit der Schulter gegen das Glas prallte.

»Wolf, aus!«, schrie ich.

Als ich mich umsah, erkannte ich, was den lauten Krach verursacht hatte. Wolf hatte den Tisch und eine Lampe umgeworfen, die vor dem Fenster gestanden hatten.

»Er versucht hinauszukommen«, sagte ich.

Da spürte ich Dads Hand auf meiner Schulter. »Er hat ja eine schöne Bescherung angerichtet«, murmelte er.

»Wolf, aus!«, rief ich noch einmal.

Hechelnd wandte der große Hund sich um. Seine Augen glühten rot im Mondlicht.

»Warum will er denn unbedingt nach draußen?«, wollte Emily wissen.

»Wir können ihn nicht im Haus behalten, wenn er jede Nacht so ein Theater macht«, sagte Mom mit vom Schlaf belegter Stimme.

Der große Hund senkte den Kopf und knurrte aufgeregt. Sein Schwanz stand senkrecht in die Höhe.

»Mach die Haustür auf und lass ihn raus«, sagte Mom. »Bevor er uns noch das ganze Haus auf den Kopf stellt.«

Dad durchquerte das Zimmer und öffnete die Haustür. Wolf zögerte keine Sekunde. Er sauste zur Tür und schoss hinaus.

Ich lief zum Fenster, um ihm nachzusehen. Aber der große Hund verschwand um die Hausecke und damit aus meinem Blickfeld.

»Er läuft anscheinend zum Sumpf«, sagte ich.

»Er hat glatt versucht, durchs Fenster zu kommen«, sagte Mom.

Emily schaltete das Licht ein. »Er ist so kräftig, dass er es hätte zerbrechen können«, sagte sie ruhig.

Dad schloss gähnend die Haustür. Dann richtete er den Blick auf mich. »Du weißt, was das bedeutet, nicht wahr, Grady?«

Ich starrte noch immer zum Vollmond hinauf. »Nein, was?«

»Wolf bleibt ab sofort draußen«, sagte Dad. Er bückte

sich und sammelte die Einzelteile der zerbrochenen Lampe auf.

»Aber, Dad …«, setzte ich zur Widerrede an.

»Er ist zu groß und zu ruhelos fürs Haus«, fuhr Dad fort. Er reichte Emily die Lampenteile, dann stellte er den Tisch wieder auf und rückte ihn an seinen Platz vor dem Fenster.

»Wolf hat die Lampe doch nicht mit Absicht zerbrochen«, warf ich kläglich ein.

»Er wird alles zertrümmern, was wir haben«, sagte Mom ruhig.

»Er ist einfach zu groß«, sagte Dad noch einmal. »Er muss draußen bleiben, Grady.«

»Warum wollte er überhaupt raus?«, wollte Emily wissen.

»Wahrscheinlich, weil er daran gewöhnt ist, im Freien zu sein«, erklärte ihr Dad. »Er fühlt sich draußen bestimmt wohler«, sagte er zu mir.

»Ja, vielleicht«, antwortete ich niedergeschlagen. Dass Wolf bei mir schlief, hatte mir gefallen. Aber mir war klar, dass ich meine Eltern unmöglich dazu bringen konnte, dem Hund eine zweite Chance zu geben. Ihr Entschluss stand unwiderruflich fest.

Und zumindest durfte ich Wolf behalten.

Ich holte den Staubsauger aus dem Schrank und steckte den Stecker ein. Dad nahm die Düse zur Hand und saugte die winzigen Glassplitter vom Teppich.

Dieser verrückte Hund, dachte ich und schüttelte unglücklich den Kopf. Was ist bloß los mit ihm?

Als Dad fertig war, stellte ich den Staubsauger in den Schrank zurück.

»Na, dann können wir ja jetzt endlich in Ruhe schlafen«, sagte Mom gähnend.

Doch sie irrte sich.

17

Kurz darauf hörte ich das unheimliche Heulen wieder.

Anfangs dachte ich, ich würde träumen.

Doch als ich die Augen aufschlug und mich im dunklen Zimmer umsah, brach das Geheul nicht ab. Noch halb im Schlaf, packte ich die Decke mit beiden Händen und zog sie mir bis zum Kinn.

Das Heulen klang so nahe, als ob es von draußen direkt vor dem Fenster käme. Es hörte sich nicht wie das Rufen eines Tieres an. Dafür klang es zu wütend. Zu menschlich.

Hör auf, dir selbst Angst zu machen, dachte ich. Das ist ein Wolf. Es muss eine Art Sumpfwolf sein.

Im Hinterkopf wusste ich, dass Wolf derjenige sein konnte, der so schaurig heulte. Aber ich schob diesen Gedanken beharrlich beiseite.

Weshalb sollte er das tun?

Hunde bellen. Sie heulen nicht, es sei denn, sie sind sehr traurig oder aufgebracht.

Ich schloss die Augen und wünschte mir, dass das fürchterliche Geheul aufhörte.

Plötzlich verstummte es.

Dann hörte ich rasch aufeinanderfolgende dumpfe Schritte.

Eine Art Kampf.

Plötzlich ertönte ein kurzer, entsetzlicher Schrei. Er riss ab, kaum dass er eingesetzt hatte.

Er kam vom Garten hinterm Haus, wurde mir klar.

Mittlerweile hellwach, sprang ich aus dem Bett, wickelte mir die Decke um den Bauch und stolperte zum Fenster. Dort stützte ich mich aufs Fensterbrett und schaute hinaus.

Der Vollmond stand hoch am Nachthimmel und beleuchtete das Gelände hinterm Haus. Das taubenetzte Gras schimmerte im silbrigen Licht.

Ich drückte die Stirn gegen die Fensterscheibe und spähte zum finsteren Sumpf hinüber. Erschrocken stieß ich einen fast tonlosen Schrei aus, als ich eine schattenhafte Gestalt auf die Bäume zulaufen sah.

Ein großes Wesen, das auf allen vieren lief.

Es war nur als schwarzer Umriss erkennbar, der sich kaum von der Dunkelheit abhob. Aber ich konnte sehen, dass es riesig war und sehr schnell rannte.

Und ich hörte sein Heulen. Ein Siegesheulen, dachte ich.

Ist das Wolf?, fragte ich mich. Ich starrte reglos zum Fenster hinaus, obwohl die Dunkelheit das Ungeheuer bereits verschluckt hatte. Ich konnte nur noch schemenhaft die Bäume in der Ferne ausmachen.

Aber noch immer war das Heulen zu hören.

War das Wolf?

Das konnte er nicht sein – oder doch?

Ich senkte den Blick. Mir stockte der Atem, als ich

etwas sah. In der Mitte der Rasenfläche hinterm Haus. Nur ein paar Schritte vom Rehgehege entfernt.

Zuerst dachte ich, es wäre ein Lumpenbündel.

Mit zitternden Händen öffnete ich das Fenster.

Ich musste es mir ansehen. Ich musste wissen, was da hinterm Haus auf dem Boden lag. Ich zog mich auf das Fensterbrett hoch und ließ mich langsam auf das Gras hinab.

Ich wandte mich zum Rehgehege um. Die sechs Rehe standen aufmerksam und dicht aneinandergedrängt an ihrem Unterstand. Sie verfolgten mich mit ihren dunklen Augen, als ich vorsichtig vorwärtsschlich.

Was ist das bloß für ein Ding?, fragte ich mich, während ich ins silbrige Licht starrte.

Ist es nur ein Haufen alter Lumpen?

Nein.

Was ist es dann?

18

Meine nackten Füße wurden kalt und nass, als ich langsam über den feuchten Rasen ging. Die Nachtluft war drückend und reglos, still wie der Tod.

Als ich nahe genug herangekommen war, um zu erkennen, was da im Gras lag, stieß ich einen hilflosen Schrei aus und würgte.

Ich starrte auf ein totes Kaninchen hinab. Die kleinen schwarzen Augen waren ausdruckslos.

Ich zwang mich wegzusehen.

Mir war noch immer übel, als ich zum offenen Fenster zurückhastete und hineinkletterte.

Ich war gerade damit beschäftigt, das Fenster zu schließen, da erscholl das Heulen erneut und erhob sich triumphierend über den nahe gelegenen Sumpf.

Nach dem Frühstück am nächsten Morgen führte ich Dad hinters Haus, um ihm das getötete Kaninchen zu zeigen. Es war ein klarer, heißer Tag und die Sonne stieg als rote Scheibe am blassblauen Himmel hoch.

Kaum traten wir auf die rückwärtige Veranda hinaus, da bog Wolf um die Hausecke. Sofort wedelte er wie wild mit dem Schwanz und kam aufgeregt zu mir gerannt. Er begrüßte mich, als hätte er mich seit Jahren nicht gesehen, sprang an mir hoch und warf mich beinahe um.

»Runter, Wolf! Runter!«, rief ich und lachte, als der Hund sich streckte, um mir das Gesicht abzulecken.

»Dein Hund ist eine Bestie«, sagte eine Stimme hinter mir. Als ich herumfuhr, sah ich, dass Emily uns gefolgt war. Sie trug ein rotes T-Shirt über weißen Tennisshorts. Sie hatte die Arme vor der Brust verschränkt und funkelte Wolf missbilligend an. »Sieh nur, was du mit diesem armen Kaninchen angestellt hast«, sagte sie kopfschüttelnd.

»Moment mal«, erwiderte ich, während ich Wolf streichelte. »Wer sagt, dass Wolf das war?«

»Wer sollte es denn sonst gewesen sein?«, fragte Emily. »Er ist eine Bestie.«

»Ach ja? Guck doch nur, wie sanft er ist«, widersprach ich ihr und schob Wolf mein Handgelenk ins Maul. Er schloss seinen Kiefer behutsam und achtete darauf, mir nicht wehzutun.

»In Wolf könnte tatsächlich etwas von einem Jäger stecken«, sagte Dad nachdenklich. Er hatte auf das Kaninchen hinabgestarrt, doch nun blickte er zum Rehgehege hinüber.

Die Rehe standen als Gruppe zusammengedrängt und beäugten Wolf argwöhnisch. Mit gesenkten Köpfen verfolgten sie wachsam jede Bewegung des Hundes.

»Ich bin froh, dass sie in ihrem Gehege sicher sind«, sagte Dad leise.

»Dad, du musst uns diesen Hund vom Hals schaffen«, sagte Emily mit schriller Stimme.

»Kommt nicht in die Tüte!«, rief ich wütend und drehte mich zu meiner Schwester um. »Du hast keinen Beweis dafür, dass Wolf irgendetwas getan hat!«, keifte ich. »Nicht den geringsten Beweis!«

»Dann beweis mir, dass er es *nicht* gewesen ist!«, erwiderte Emily biestig.

»*Natürlich* ist er es nicht gewesen!«, schrie ich und merkte, wie ich die Kontrolle verlor. »Hast du das Heulen letzte Nacht denn nicht gehört? Das war kein *Hund*. Hunde heulen nicht so!«

»Was war es dann?«, fragte Emily.

»Ich habe es auch gehört«, sagte Dad und trat zwischen uns. »Das klang mehr nach einem Wolf oder einem Kojoten.«

»Siehst du?«, sagte ich zu Emily.

»Aber ich wäre sehr überrascht, in dieser Gegend einen Wolf oder einen Kojoten anzutreffen«, fuhr Dad mit einem Blick zum Sumpf fort.

Emily hatte die Arme noch immer vor der Brust verschränkt und schaute mit finsterer Miene auf Wolf hinab. »Er ist gefährlich, Dad. Du musst ihn uns unbedingt vom Hals schaffen.«

Dad trat zu Wolf, tätschelte ihm den Kopf und kraulte ihn unterm Kinn. Wolf leckte Dad die Hand ab.

»Wir sollten im Umgang mit ihm Vorsicht walten lassen«, sagte Dad. »Er scheint zwar sanftmütig zu sein, aber genau genommen wissen wir nichts über ihn. Also lasst uns sehr vorsichtig sein, ja?«

»Ich werde vorsichtig sein«, antwortete Emily und sah Wolf mit zusammengekniffenen Augen an. »Ich werde mich von diesem *Monster* so weit fernhalten, wie ich nur kann.« Damit drehte sie sich um und stürmte ins Haus zurück.

Dad begab sich zum Schuppen, um eine Schaufel und einen Karton zu holen, mithilfe derer er das tote Kaninchen fortschaffen konnte.

Ich ging in die Hocke und legte Wolf die Arme um den massigen Nacken. »Du bist kein Monster, oder?«, fragte ich. »Emily ist plemplem, stimmt's? Was ich gestern Nacht gesehen habe, warst nicht du, oder?«

Wolf schaute mich mit seinen tiefblauen Augen an. Lange und eindringlich.

Er schien mir etwas sagen zu wollen.

Aber ich hatte keine Ahnung, was.

19

In dieser Nacht hörte ich kein Heulen.

Trotzdem wachte ich mitten in der Nacht auf und schaute aus dem Fenster. Wolf war fort, wahrscheinlich streifte er durch den Sumpf. Am Morgen war er sicher wieder da und würde mich begrüßen, als wäre ich ein seit Langem verschollener Freund.

Am nächsten Morgen tauchte Will auf, als ich Wolf gerade sein Frühstück hinstellte: einen großen Napf mit knusprigem Hundetrockenfutter. »He, wie geht's, wie steht's?«, fragte Will. Das war seine übliche Begrüßung.

»So lala«, sagte ich, schloss die große Tüte Hundefutter und trug sie in die Küche zurück. Wolf stellte sich mit gesenktem Kopf über seinen Napf und futterte geräuschvoll.

Ich trat aus der Küche und kehrte zu Will zurück, der ein dunkelblaues T-Shirt und eine schwarze Radlerhose trug. Über sein dunkles Haar hatte er sich die grün-gelbe Kappe der Forstverwaltung gezogen.

»Hast du Lust auf einen Streifzug?«, fragte er mich mit seiner heiseren Stimme, während er Wolf dabei zuschaute, wie dieser sein Frühstück verschlang. »Du weißt schon, durch den Sumpf?«

»Ja, klar«, sagte ich. Ich rief meinen Eltern drinnen zu, wohin ich ging. Dann folgte ich Will über den Rasen.

Sofort kam Wolf hinter uns hergelaufen. Immer wieder überholte er uns und wartete dann von Zeit zu Zeit auf uns. Oder er lief in verrücktem Zickzackkurs mal vor uns, mal hinter uns und tollte ausgelassen in der heißen Morgensonne.

»Hast du schon das Neueste von Mr. Warner gehört?«, fragte Will. Er blieb stehen, um einen langen Grashalm auszurupfen und ihn sich zwischen die Zähne zu schieben.

»Von wem?«

»Von Ed Warner«, antwortete Will. »Du hast die Warners wohl noch nicht kennengelernt. Sie wohnen im allerletzten Haus.« Er drehte sich um und deutete auf das Haus am Ende der Reihe weißer Häuser.

»Was ist mit ihm?«, fragte ich, während ich fast über Wolf stolperte, der mir gerade vor die Füße lief.

»Er ist verschwunden«, antwortete Will und kaute dabei auf dem Grashalm herum. »Er ist gestern Abend nicht nach Hause gekommen.«

»Von wo?«, fragte ich und blickte neugierig zum Haus der Warners. Hitzewellen stiegen aus der Grasfläche auf und ließen das Haus so aussehen, als ob es waberte und wackelte.

»Aus dem Sumpf«, antwortete Will düster. »Mrs. Warner hat heute Morgen meine Mom angerufen und ihr erzählt, dass Mr. Warner gestern Nachmittag zum Jagen gegangen sei. Er macht gerne Jagd auf wilde Truthähne. Er hat mich schon ein paar Mal mitgenommen. Er kann sie echt gut aufspüren. Wenn er einen Truthahn schießt, hängt er die Füße in seinem Hobbyraum an die Wand.«

»Wirklich?«, rief ich entsetzt. Das klang ganz schön widerlich.

»Ja, du weißt schon, als eine Art Trophäe«, fuhr Will fort. »Jedenfalls ist er gestern Nachmittag in den Sumpf gegangen, um wilde Truthähne zu jagen, und seitdem ist er nicht wieder nach Hause gekommen.«

»Unheimlich«, sagte ich, während ich Wolf beobachtete, der am Rand des Rasens, dort, wo die Bäume begannen, stehen geblieben war. »Vielleicht hat er sich verirrt.«

»Unmöglich«, sagte Will nachdrücklich und schüttelte den Kopf. »Nicht Mr. Warner. Er lebt hier schon seit langer Zeit. Er war der Erste, der hierhergezogen ist. Mr. Warner würde sich nicht verirren.«

»Dann hat ihn vielleicht der Werwolf erwischt!«, rief eine fremde Stimme hinter uns.

20

Wir fuhren beide erschrocken herum und sahen ein Mädchen, das etwa in unserem Alter war. Sie hatte grüne katzenartige Augen, eine kleine Stupsnase und viele Sommersprossen im Gesicht. Ihr rostrotes Haar hatte sie rechts und links zu zwei Schwänzchen gebunden. Sie trug eine verwaschene rote Jeans und ein T-Shirt, auf dem ein grinsender grüner Alligator prangte.

»Cassie, was machst du denn hier?«, wollte Will wissen.

»Ich bin euch gefolgt«, antwortete sie und schnitt ihm eine Grimasse. Dann wandte sie sich mir zu. »Du bist der neue Junge, stimmt's? Will hat mir von dir erzählt. Du heißt Grady.«

»Hallo«, sagte ich verlegen. »Er hat mir gesagt, dass in der Nachbarschaft ein Mädchen wohnt. Aber er hat mir nicht viel über dich erzählt.«

»Was gibt's da schon groß zu erzählen?«, hänselte Will sie.

»Ich bin Cassie O'Rourke«, sagte sie. Plötzlich streckte sie blitzschnell die Hand aus und riss Will den Grashalm aus dem Mund.

»He!« Er wollte sie spielerisch knuffen, verfehlte sie aber.

»Was hast du da gerade über einen Werwolf gesagt?«, fragte ich.

»O nein, fang nicht schon wieder mit diesem Kram an«, sagte Will brummend zu Cassie. »Das ist einfach zu doof.«

»Du hast doch nur Angst«, warf ihm Cassie vor.

»Nein, hab ich nicht. Es ist wirklich zu blöd«, beharrte Will.

Wir traten am Sumpfrand in den Schatten der Bäume. Eine trichterförmige Wolke weißer Stechmücken schwirrte in einem Lichtstrahl zwischen den Bäumen.

»Im Sumpf lebt ein Werwolf«, raunte Cassie, als wir uns an den Mücken vorbeidrückten.

»Und ich breite gleich meine Flügel aus und fliege zum Mars«, sagte Will spöttisch.

»Halt den Mund, Will«, fuhr Cassie ihn an. »Grady findet das nicht doof, oder?«

Ich zuckte die Achseln. »Ich weiß nicht«, sagte ich. »Ich glaube eigentlich nicht an Werwölfe.«

Will lachte. »Cassie glaubt auch an den Osterhasen«, sagte er.

Cassie verpasste ihm einen heftigen Schlag vor die Brust.

»He!«, schrie Will wütend, als er rückwärtstaumelte. »Was soll das?«

»Da war eine Mücke«, sagte sie und deutete auf seine Brust. »Eine große. Ich hab sie erwischt.«

Will warf einen finsteren Blick auf die Stelle. »Ich sehe keine Mücke. Hör auf zu nerven, Cassie.«

Wir setzten unseren Weg fort. Tags zuvor hatte es geregnet. Der Boden war aufgeweicht und morastiger als sonst. Im Matsch kamen wir ständig ins Rutschen.

»Hörst du nachts auch immer dieses Heulen?«, fragte ich Cassie.

»Das ist der Werwolf«, antwortete sie leise. Ihre grünen Katzenaugen brannten sich in meine. »Ich mache keine Witze, Grady. Ich meine es ernst. Dieses Heulen ist nicht menschlich. Es stammt von einem Werwolf, der gerade getötet hat.«

Will kicherte. »Du hast eine umwerfende Fantasie, Cassie. Ich schätze, du siehst zu viele Gruselfilme im Fernsehen.«

»Das wahre Leben ist viel gruseliger als Filme«, sagte sie mit dramatisch gesenkter Stimme.

»Oh, hör auf. Ich zittere schon am ganzen Körper!«, rief Will theatralisch.

Sie würdigte ihn keines Blickes. Sie schaute unverwandt zu mir, während wir weitergingen. »Du glaubst mir doch, oder?«

»Ich weiß nicht«, sagte ich.

Der Tümpel kam in Sicht. Die Luft wurde drückender und feuchter. Die hohen Pflanzen auf der anderen Seite standen aufrecht. Das Wasser gurgelte leise. Zwei fette Fliegen tanzten über die dunkelgrüne Oberfläche.

»So etwas wie Werwölfe gibt es nicht, Cassie«, sagte Will, der nach etwas Ausschau hielt, was er in den Tümpel werfen konnte. Er grinste sie an. »Es sei denn, *du* wärst einer!«

Sie verdrehte die Augen. »Sehr witzig.« Sie machte

Beißbewegungen mit ihren Zähnen, so als ob sie ihn schnappen wollte.

Von der anderen Seite des Tümpels her hörte ich ein Rascheln. Plötzlich teilten sich die hohen Pflanzen und Wolf erschien am gegenüberliegenden Ufer.

»Wie sieht der Werwolf denn aus?«, fragte Will hänselnd. »Hat er rotes Haar und Sommersprossen?«

Cassie gab ihm keine Antwort.

Als ich mich zu ihr umwandte, sah ich das Entsetzen in ihrem erstarrten Gesicht. Ihre grünen Augen waren weit aufgerissen und ihre Sommersprossen schienen zu verblassen. »D-da ist der *Werwolf*!«, stotterte sie mit ersticktem Flüstern und hob die Hand.

Schaudernd drehte ich mich um, um festzustellen, worauf sie zeigte.

Zu meinem Schrecken deutete sie geradewegs auf Wolf!

21

»Nein!«, protestierte ich.

Doch dann merkte ich, dass ich sie missverstanden hatte. Cassie zeigte nicht auf Wolf. Sie deutete auf eine Gestalt, die hinter dem Hund durch das Dickicht schlich.

Auf den Sumpfeinsiedler!

Er ging mit eingezogenen Schultern rasch hinter dem dichten Gestrüpp entlang. Dabei wippte sein Strubbelkopf bei jedem Schritt auf und ab.

Als er an einer schmalen Lücke zwischen den Pflanzen vorbeilief, konnte ich sehen, dass er nach vorne gebeugt ging. Er trug etwas über der Schulter. Eine Art Tasche.

Wolf begann zu knurren.

Der Einsiedler blieb stehen.

Was er sich über die Schulter geworfen hatte, war keine Tasche, stellte ich jetzt fest. Es war ein Truthahn. Ein wilder Truthahn.

Ein schauriger Gedanke schoss mir durch den Kopf: Hatte er den Vogel Mr. Warner abgenommen?

Hatte Cassie mit dem, was sie über den Sumpfeinsiedler sagte, recht? War er der Werwolf? Hatte er Mr.

Warner etwas Schreckliches angetan und sich den wilden Truthahn unter den Nagel gerissen?

Ich versuchte diese entsetzlichen Gedanken abzuschütteln. Sie waren verrückt. Unmöglich.

Doch Cassie sah völlig verängstigt aus, als sie über den gurgelnden grünen Tümpel hinweg auf den Einsiedler starrte. Und dann dieses Heulen – das Heulen war so furchterregend, so menschlich gewesen.

Und die toten Tiere, die ich gesehen hatte, waren so brutal zerfetzt wie ... wie von einem Werwolf!

Wieder stieß Wolf ein warnendes Knurren aus. Sein Schwanz stand steil in die Höhe, und sein Rückenfell war aufgerichtet, während er den Einsiedler beobachtete.

Der Einsiedler bewegte sich eilig voran. Gerade als er hinter dem Gestrüpp verschwand, sah ich seine dunklen Augen aufblitzen.

»Er ist es!«, schrie Cassie, die noch immer auf ihn zeigte. »Er ist der Werwolf!«

»Cassie, *sei still*!«, warnte Will sie. »Sonst hört er dich noch!«

Vor Angst auf der Stelle erstarrt, schluckte ich. Ich sah, wie die Pflanzen auf der anderen Seite des Tümpels zitterten. Ich hörte Geraschel, das näher kam.

»Lauft!«, schrie Will. Seine heisere Stimme klang schrill und furchtvoll. »Macht schon, lauft!«

Aber es war zu spät.

Der Sumpfeinsiedler stürmte hinter uns aus dem Dickicht hervor. »Ich bin der Werwolf!«, brüllte er. Seine Augen glänzten wild und aufgebracht. Sein Gesicht, von seinem langen, verfilzten Haar umrahmt, war knallrot. »Ich bin der Werwolf!«

Er hatte Cassie also tatsächlich gehört!

Er lachte wie verrückt, hob die Arme in die Höhe und fing an, den Truthahn in einem weiten Kreis über seinem Kopf zu schwingen. »Ich bin der Werwolf!«, grölte er dazu.

Cassie, Will und ich schrien alle gleichzeitig auf, dann rannten wir los.

Aus dem Augenwinkel heraus konnte ich Wolf sehen. Er hatte sich auf der anderen Seite des Tümpels bisher nicht von der Stelle gerührt. Doch als ich jetzt loslief, kam er aufgeregt bellend auf uns zugestürmt.

»Ich bin der Werwolf!«, kreischte der Einsiedler und jagte hinter uns her. Dabei lachte er wie eine Hyäne und schwang noch immer den Truthahn.

»Lassen Sie uns in Ruhe!«, schrie Cassie, die ein paar Schritte vor mir neben Will rannte. »*Hören* Sie mich? Lassen Sie uns in Ruhe!«

Ihre Bitte ließ den Einsiedler nur erneut johlen.

Meine Schuhe rutschten auf dem morastigen Untergrund.

Ich wandte mich um. Er holte auf, war bereits direkt hinter mir.

Keuchend und außer Puste strengte ich mich an, noch schneller zu laufen. Dornige Ranken und schwere Blätter schlugen mir beim Rennen ins Gesicht und gegen die Arme.

Ich sah jetzt alles nur noch verschwommen, nahm nur schemenhaft Licht und Schatten, Bäume und Ranken, hohes Gestrüpp und dornige Sträucher wahr.

»Ich bin der Werwolf! Ich bin der Werwolf!«

Das schrille Gelächter des irren Einsiedlers hallte durch den Sumpf.

Lauf weiter, Grady, drängte ich mich selbst. Lauf weiter!

Plötzlich spürte ich, wie meine Füße unter mir wegglitten. Ich fiel mit dem Gesicht voran in den Schlamm und landete auf Händen und Knien.

Jetzt hat er mich, schoss es mir durch den Kopf. Der Werwolf hat mich erwischt.

22

Verzweifelt versuchte ich, mich aus dem Schlamm aufzurappeln. Aber ich glitt gleich wieder aus und landete mit einem *Platsch* im Morast.

Gleich hat er mich, dachte ich. Ich kann ihm nicht entkommen.

In meiner Panik verkrampften sich meine Muskeln. Ich nahm all meine Kraft zusammen, konnte aber nicht mal mehr kriechen.

Ich schaute mich um, erwartete, dass mich der Einsiedler jeden Moment packte.

Doch er war ein paar Meter hinter mir stehen geblieben und sah mit einem sonderbaren Lächeln auf dem wettergegerbten Gesicht auf mich herab, während der Truthahn in seiner Hand fast bis zum Boden baumelte.

Wo steckt Wolf?, fragte ich mich.

Wolf hatte den Sumpfeinsiedler wütend angeknurrt. Warum hatte er ihn nicht angegriffen?

»Hilfe! Will! Cassie!«, rief ich verzweifelt.

Stille.

Sie waren fort. Wahrscheinlich hatten die beiden den Sumpf inzwischen bereits hinter sich gelassen und rannten nach Hause.

Ich war alleine, musste mich dem Einsiedler ganz alleine stellen.

Die Augen fest auf seine geheftet, kam ich stolpernd auf die Füße. Wieso grinste er mich so an?

»Geh schon. Geh«, murmelte er und winkte mit der freien Hand. »Ich habe nur Spaß gemacht.«

»Was?« Meine Stimme kam kläglich heraus.

»Geh. Ich beiße dich nicht«, sagte er. Sein Grinsen verschwand. Das Licht in seinen glänzenden schwarzen Augen schien zu verblassen.

Wolf tauchte hinter ihm auf. Der Hund schaute zu dem Einsiedler hoch, dann senkte er die Augen auf den toten Truthahn und bellte einmal, ein schrilles Kläffen. Aber ich konnte sehen, dass Wolf sich entspannt hatte. Er hatte nicht die Absicht, den Einsiedler anzugreifen.

»Ist das dein Hund?«, fragte der Einsiedler, während er Wolf misstrauisch beäugte.

»Ja«, antwortete ich, noch immer schwer atmend. »Ich … er ist mir zugelaufen.«

»Nimm dich vor ihm in Acht«, sagte der Einsiedler schneidend. Dann drehte er sich um, schulterte den großen Vogel und marschierte zurück zum gegenüberliegenden Tümpelufer.

»V-vor ihm in Acht nehmen?«, stotterte ich. »Was meinen Sie damit?«

Doch der Einsiedler antwortete nicht. Ich konnte hören, wie er beim Weggehen die hohen Pflanzen beiseiteschob.

»Was meinen Sie damit?«, wiederholte ich etwas lauter.

Aber er war fort. Abgesehen vom Zirpen und Schwirren der Insekten und dem trockenen Rascheln der Palmblätter war es wieder still im Sumpf.

Ich schaute unverwandt zu dem hohen Gestrüpp hinüber. Vermutlich rechnete ich damit, dass der Sumpfeinsiedler urplötzlich wieder auftauchte und auf mich losging.

Zwei weiße Falter flatterten gemeinsam über dem Dickicht. Sonst bewegte sich nichts.

Er hätte nur Spaß gemacht, hatte er gesagt.

Das war alles.

Ich schluckte. Dann zwang ich mich dazu, wieder normal zu atmen.

Nach einer Weile guckte ich zu Wolf hinunter. Der Hund schnupperte an der Stelle, wo der Einsiedler gestanden hatte, eifrig auf der Erde herum.

»Wolf, warum hast du mich nicht beschützt?«, schimpfte ich ihn.

Der Hund schaute kurz auf, schnüffelte aber gleich weiter.

»He, Hund – bist du etwa ein Riesenfeigling?«, fragte ich ihn, während ich mir die feuchte Erde von den Knien meiner Jeans rieb. »Ist das dein Problem? Du tust zwar forsch, bist aber in Wirklichkeit ein großer Angsthase?«

Wolf beachtete mich nicht.

Ich drehte mich um und marschierte zurück nach Hause. Auf dem Weg ließ ich mir die Warnung des Einsiedlers durch den Kopf gehen. Wolf rannte die ganze Zeit neben dem Pfad durch Dickicht und hohes Gras, blieb aber immer in meiner Nähe.

»Nimm dich vor ihm in Acht«, hörte ich den Einsiedler sagen.

War das auch nur ein Scherz gewesen? Wollte er mir einen Schrecken einjagen?

Der seltsame Mann hatte gesehen, dass Will, Cassie und ich Angst vor ihm hatten. Er hatte gehört, dass Cassie ihn einen Werwolf nannte. Und da hatte er beschlossen, uns einen ordentlichen Schrecken einzujagen.

Während ich im Schatten der gebogenen Palmen über den morastigen Boden schritt, drehten sich meine Gedanken über Cassie und Will, Wolf und Werwölfe im Kreis.

Ich sah die Schlange erst, als ich drauftrat. Blitzschnell zuckte ihr hellgrüner Kopf nach vorne. Ihre Zähne bohrten sich in meinen Knöchel und ein höllischer Schmerz fuhr mein Bein entlang nach oben.

Erstickt keuchte ich auf, bevor ich zusammenbrach.

23

Ich sackte zu Boden und rollte mich zu einer Kugel zusammen, während der Schmerz durch meinen ganzen Körper zuckte.

Vor meinen Augen formten sich rote Flecke, die größer und größer wurden, bis ich schließlich nur noch Rot sah. Die Farbe flimmerte im Rhythmus des pochenden Schmerzes.

Durch den farbigen Schleier sah ich, wie die Schlange im Gebüsch verschwand.

Ich umfasste meinen Knöchel und bemühte mich, den Schmerz zu unterdrücken.

Das Rot verblasste allmählich und verschwand dann ganz. Der Schmerz blieb.

Plötzlich fühlte sich meine Hand feucht an.

Blut?

Als ich hinunterschaute, sah ich, dass Wolf mir die Hand abschleckte. Er leckte energisch, als versuchte er mich zu heilen, als wollte er alles wieder in Ordnung bringen.

Trotz meiner Schmerzen musste ich lachen. »Ist schon gut, Junge«, sagte ich. »Ich bin okay.«

Er schleckte mir weiter die Hand ab, so lange, bis ich

aufstand. Ich fühlte mich ein wenig schwindlig. Meine Beine zitterten.

Behutsam verlagerte ich das Gewicht auf den Fuß, in den ich gebissen worden war. Er fühlte sich schon ein bisschen besser an.

Humpelnd machte ich einen Schritt. Dann noch einen.

»Lass uns gehen, Wolf«, sagte ich. Er schaute mitfühlend zu mir auf.

Mir war klar, dass ich schnellstens nach Hause kommen musste. Falls die Schlange giftig war, steckte ich böse in der Tinte. Ich konnte unmöglich wissen, wie viel Zeit mir blieb, bis mich das Gift vollständig lähmte oder Schlimmeres passierte.

Wolf blieb an meiner Seite, während ich mühsam nach Hause ging. Ich rang nach Luft. Meine Brust fühlte sich wie zugeschnürt an. Der Boden schwankte unter meinen Füßen.

War das Schlangengift daran schuld? Oder kam es davon, dass ich schreckliche Angst hatte?

Mit jedem Schritt fuhr mir ein Schmerz die Seite hoch.

Trotzdem schleppte ich mich weiter, redete mit Wolf und versuchte den pochenden Schmerz in meinem Knöchel nicht zu beachten.

»Wir sind gleich da, Wolf«, sagte ich laut keuchend.

Der Hund spürte, dass ich ernsthafte Schwierigkeiten hatte. Statt wie gewöhnlich im Zickzack vor und hinter mir zu laufen, blieb er bei mir.

Das Ende der Bäume kam in Sicht. Gleich hinter dem Sumpf konnte ich strahlendes Sonnenlicht sehen.

»He ...«, rief mir eine Stimme zu. Ich entdeckte Will und Cassie, die am Rand des Rasens auf mich warteten.

Sie kamen auf mich zugeeilt. »Alles in Ordnung mit dir?«, rief Cassie.

»Nein, ich ... ich bin *gebissen* worden!«, brachte ich mit Mühe heraus. »Bitte, holt meinen Dad!«

Sie hasteten beide los und rannten zu meinem Haus. Ich ließ mich ins Gras fallen und wartete.

Ich gab mir alle Mühe, ruhig zu bleiben, doch das war unmöglich.

War die Schlange giftig? War das Gift bereits auf dem Weg zu meinem Herzen? Würde ich jeden Augenblick sterben?

Vorsichtig schlüpfte ich aus meinem schlammverschmierten Turnschuh, rollte den weißen Socken Zentimeter für Zentimeter herunter und zog ihn aus.

Der Knöchel war leicht geschwollen. Bis auf eine weiße Stelle um den Biss herum war die Haut gerötet. In der Mitte dieses weißen Flecks sah ich zwei kleine Einstichstellen, aus denen winzige Blutstropfen sickerten.

Als ich den Blick von der Wunde abwandte, sah ich meinen Dad über die Grasfläche auf mich zulaufen, dicht gefolgt von Will und Cassie.

»Was ist geschehen?«, hörte ich meinen Dad die beiden fragen. »Was ist Grady passiert?«

»Er wurde von einem Werwolf gebissen!«, hörte ich Cassie antworten.

»Lass den Eisbeutel darauf«, wies Dad mich an. »Dann geht die Schwellung zurück.«

Stöhnend drückte ich mir den Eisbeutel gegen den Knöchel.

»Ts, ts«, machte Mom vom Küchentisch aus. Vor sich ausgebreitet hatte sie eine Zeitung liegen. Ich konnte nicht feststellen, ob das »Ts, ts« mir oder irgendeinem Artikel galt, den sie gerade las.

Draußen im Garten lag Wolf vor der rückwärtigen Veranda im Gras und schlief. Emily saß im Wohnzimmer und sah sich irgendeine Serie im Fernsehen an.

»Wie fühlst du dich?«, fragte Mom.

»Schon viel besser«, antwortete ich. »Ich glaube, das Schlimmste war meine Angst.«

»Grüne Schlangen sind nicht giftig«, erklärte mir Dad zum zehnten Mal. »Trotzdem habe ich jede mögliche Vorsichtsmaßnahme ergriffen, nur für den Fall. Sobald du das Eis abnehmen kannst, werden wir dir den Fuß sauber verbinden.«

»Was sollte eigentlich das ganze Gerede über Werwölfe?«, fragte Mom.

»Cassie hat nichts als Werwölfe im Kopf«, sagte ich. »Sie glaubt, dass der Einsiedler im Sumpf ein Werwolf ist.«

»Sie scheint ein prima Mädchen zu sein«, sagte Mom ruhig. »Ich habe mich sehr nett mit ihr unterhalten, während sich dein Vater um deine Wunde gekümmert hat. Du hast wirklich Glück, Grady, dass du hier draußen am Rand des Sumpfes zwei Kinder in deinem Alter gefunden hast.«

»Ja, das stimmt«, antwortete ich, während ich den

Eisbeutel auf meinem Knöchel etwas höher schob. »Aber sie hat Will und mich fast verrückt gemacht mit ihrem Werwolfgetue.«

Dad wusch sich die Hände im Spülbecken in der Küche. Nachdem er sie sich mit einem Geschirrtuch abgetrocknet hatte, wandte er sich zu mir um. »Dieser alte Einsiedler im Sumpf soll ganz harmlos sein«, sagte er. »Zumindest sagen das alle.«

»Na ja, er hat uns einen ziemlichen Schrecken eingejagt«, erzählte ich ihm. »Er hat uns durch den Sumpf gejagt und dabei ständig ›Ich bin der Werwolf!‹ geschrien.«

»Merkwürdig«, antwortete Dad versonnen und warf das Geschirrtuch auf die Anrichte.

»Du solltest dich von ihm fernhalten«, sagte Mom, die von ihrer Zeitung aufblickte.

»Glaubt ihr an Werwölfe?«, fragte ich.

Dad kicherte. »Deine Mom und ich sind Wissenschaftler, Grady. Da können wir wohl kaum an übernatürliche Dinge wie Werwölfe glauben.«

»Dein Vater ist ein Werwolf«, scherzte Mom. »Ich muss ihm jeden Morgen den Rücken rasieren, damit er wie ein Mensch aussieht.«

»Haha«, sagte ich spöttisch. »Ich meine es ernst. Habt ihr denn nicht dieses unheimliche nächtliche Heulen gehört?«

»Eine Menge Tiere heulen«, antwortete Mom. »Und vermutlich hast du auch geheult, als dich die Schlange in den Knöchel gebissen hat!«

»Kannst du nicht ernst bleiben?«, rief ich aufgebracht. »Weißt du, das Heulen hat erst eingesetzt, seitdem wir Vollmond haben.«

»Ich kann mich noch gut daran erinnern: Das Heulen hat mit dem Auftauchen des Hundes begonnen!«, rief Emily aus dem Wohnzimmer herüber.

»Emily, hör auf mich zu nerven!«, brüllte ich zurück.

»Dein Hund ist ein Werwolf!«, rief Emily.

»Jetzt haben wir aber lange genug über Werwölfe geredet«, brummte Mom. »Mir wachsen ja schon Haare auf den Händen!« Sie hielt die Hände in die Höhe.

»Das ist nur die Druckerfarbe aus der Zeitung«, sagte Dad und blickte mich an. »Siehst du? Es gibt für alles eine wissenschaftliche Erklärung.«

»Könntet ihr mich nicht mal eine Sekunde lang ernst nehmen?«, sagte ich mit zusammengebissenen Zähnen.

»Nun ...« Dad schaute nach draußen. Wolf hatte sich auf den Rücken gerollt und streckte im Schlaf alle viere in die Luft. »Der Mond wird nur noch zwei weitere Nächte voll aussehen«, erklärte mir Dad. »Heute und morgen Nacht. Wenn das Geheul nach der morgigen Nacht aufhört, werden wir wissen, dass es ein Werwolf war, der den Vollmond anheulte.«

Dad kicherte. Er hielt das für einen tollen Witz.

Zu dem Zeitpunkt hatten wir noch keine Ahnung, dass sich in dieser Nacht etwas ereignen würde, das seine Ansicht über Werwölfe ändern würde, und zwar für immer.

24

Nach dem Abendessen kamen Will und Cassie bei mir vorbei. Mom und Dad beluden gerade die Spülmaschine und räumten den Tisch ab. Emily war ins Kino gegangen.

Ich konnte wieder recht gut laufen. Der Knöchel tat mir kaum noch weh. Dad ist ziemlich gut im Verarzten.

Will, Cassie und ich setzten uns ins Wohnzimmer und gerieten sofort in eine Diskussion über Werwölfe.

Cassie bestand darauf, dass der Sumpfeinsiedler keinen Scherz gemacht hätte und dass er wirklich ein Werwolf sei.

Will erklärte ihr, dass sie völlig plemplem wäre. »Er hat uns nur gejagt, weil er hörte, dass du ihn als Werwolf bezeichnet hast«, sagte er ärgerlich zu ihr.

»Wieso, glaubst du, lebt er dann ganz alleine in dem Sumpf?«, fragte ihn Cassie und beantwortete die Frage gleich selbst: »Weil er weiß, was mit ihm geschieht, wenn Vollmond ist, und weil er nicht will, dass jemand davon erfährt!«

»Warum hat er dann heute Nachmittag hinter uns hergebrüllt, dass er ein Werwolf ist?«, sagte Will ungeduldig. »Weil er nur einen Scherz gemacht hat, des-halb.«

»Kommt schon, Leute. Lasst uns das Thema wechseln«, sagte ich. »Meine Eltern sind beide Wissenschaftler, und sie sagen, es gibt keinerlei Beweise dafür, dass Werwölfe existieren.«

»Das ist doch nur das, was Wissenschaftler immer sagen«, meinte Cassie starrköpfig.

»Sie haben recht«, sagte Will. »Es gibt keine Werwölfe, außer in Filmen. Du bist echt doof, Cassie.«

»*Du* bist doof!«, fauchte Cassie zurück.

Es war offensichtlich, dass sie nicht zum ersten Mal stritten. »Wir sollten lieber etwas spielen«, schlug ich vor. »Wollt ihr Nintendo spielen? Dann kommt mit in mein Zimmer.«

»Mr. Warner ist noch immer nicht aufgetaucht«, sagte Cassie zu Will, ohne mir Beachtung zu schenken. Sie zupfte an ihrem roten Pferdeschwanz herum und warf ihn schließlich über die Schulter zurück. »Und weißt du, wieso? Weil er vom Werwolf umgebracht wurde!«

»Sei nicht albern«, sagte Will. »Woher willst du das wissen?«

»Vielleicht bist *du* ja der Werwolf!«, sagte ich zu Cassie.

Will lachte. »Genau. Deshalb bist du auch so eine Expertin, Cassie.«

»Halt die Klappe«, grollte Cassie. »Du siehst schon eher wie ein Werwolf aus als ich, Will!«

»Und du siehst wie ein *Vampir* aus!«, sagte ich zu ihr.

»Gut, und du siehst aus wie King Kong!«, schrie sie mich an.

»Worüber unterhaltet ihr euch, Kinder?«, unterbrach uns Mom, die den Kopf ins Zimmer streckte.

»Ach, wir reden gerade über Filme«, antwortete ich rasch.

An diesem Abend konnte ich nicht einschlafen. Immer wieder drehte ich mich von einer Seite auf die andere. Ich fand einfach keine Ruhe.

Mit gespitzten Ohren wartete ich darauf, das Heulen zu hören.

Ein kräftiger Wind war aufgekommen. Er fegte um unser kleines Haus und rüttelte an dem Maschendrahtzaun des Rehgeheges. Das verursachte ein sirrendes Geräusch. Etwas anderes konnte ich nicht hören.

Ich war gerade eingenickt, als das Heulen einsetzte.

Augenblicklich war ich wach und sprang aus dem Bett. Mein linker Knöchel schmerzte, als ich mit dem Fuß auftrat.

Wieder hörte ich das Heulen. Es kam von weit her. Über das starke Brausen des Windes hinweg war es kaum wahrnehmbar.

Ich ging humpelnd zum Fenster, da der Knöchel im Bett ein wenig steif geworden war. Ich drückte das Gesicht an die Glasscheibe und spähte hinaus.

Der volle Mond hing grau wie ein Totenschädel am schwarzen Himmel. Das taubesetzte Gras glänzte in seinem fahlen Licht.

Ein heftiger Windstoß rüttelte am Fenster. Erschrocken sprang ich zurück und lauschte in die Nacht hinaus.

Wieder erklang das lang gezogene Heulen.

Es sandte mir kalte Schauer den Rücken hinunter.

Es schien jetzt von Nahem zu kommen. Oder trug der Wind den Laut vom Sumpf herüber?

Ich sah blinzelnd aus dem Fenster. Windböen ließen die Grashalme hin und her schwanken. Es sah aus, als ob sich der gesamte Boden drehen würde.

Erneut hörte ich das Heulen. Es war noch näher gekommen.

Ich konnte nichts erkennen. Ich musste unbedingt herausfinden, wer oder was dieses furchterregende Heulen ausstieß.

Ich zog eine Jeans über die Schlafanzughose und tastete im Dunkeln nach meinen Sandalen.

Gerade wollte ich das Zimmer verlassen, als ich unvermittelt stehen blieb. Ich hatte ein lautes Krachen gehört. Danach folgte ein Hämmern und ein heftiges *Plumps.*

Von draußen.

Von draußen vor dem Haus.

Mit klopfendem Herzen lief ich den dunklen Flur entlang. Mein Knöchel schmerzte, aber darauf konnte ich jetzt keine Rücksicht nehmen.

Ich hastete durch die Küche, sperrte die Hintertür auf und öffnete sie. Ein heftiger Windstoß ließ mich rückwärtstaumeln.

Der Wind will mich davon abhalten, das Geheimnis dieses schrecklichen Heulens zu lüften, dachte ich.

Ich senkte den Kopf gegen die kräftigen Böen und sprang die Verandastufen hinunter.

»Au!«, schrie ich auf, als mir ein jäher Schmerz das Bein hochschoss.

Ich blieb stehen, lauschte und wartete, dass sich meine Augen an das trübe Licht gewöhnten.

Jetzt war kein Heulen zu hören. Nur das schrille Pfeifen des Windes, der mich zum Haus zurückdrängte.

Der Garten leuchtete silbern und grau im Mondlicht. Ich ließ meine Augen langsam über das wogende Gras gleiten. Nichts war zu sehen.

Aber was hatte dann den Lärm verursacht, den ich in meinem Zimmer gehört hatte? Das Krachen? Das *Plumps*? Die Klappergeräusche?

Und wieso war das Heulen verstummt, seit ich draußen war?

Was für eine rätselhafte Geschichte, dachte ich. Was für eine seltsame, undurchsichtige Geschichte.

Der Wind wirbelte um mich herum. Mein Gesicht war von der schweren Feuchtigkeit der Luft tropfnass.

Enttäuscht drehte ich mich um und wollte zum Haus zurück. Da stieß ich einen entsetzten Schrei aus: Der Werwolf hatte wieder gemordet!

25

Ich ging einen Schritt in Richtung Rehgehege, wobei ich mich gegen den starken Wind stemmen musste.

»Dad!«, rief ich. Doch meine Stimme kam nur als ersticktes Flüstern heraus. Mein Hals war ausgedörrt und vor Angst wie zugeschnürt.

Den Blick starr geradeaus gerichtet, machte ich noch einen Schritt. Nun konnte ich alles klar erkennen. Eine Szenerie des Todes. Bleiches Licht und Schatten. Die einzigen Geräusche, die ich hören konnte, waren das Klopfen meines Herzens, das Pfeifen des Windes und das Klirren des Maschendrahtzauns des Geheges.

Ich ging noch einen Schritt näher heran. »Dad? Dad?«, schrie ich, ohne nachzudenken, obwohl ich wusste, dass er mich nicht hören konnte.

Aber ich wollte, dass er herkam. Ich wollte jemanden bei mir haben, wollte hier draußen nicht alleine sein.

Ich wollte nicht auf das Loch im Zaun des Geheges starren und das leblose Reh sehen müssen, das so jämmerlich auf der Seite lag.

Die fünf verbliebenen Rehe drängten sich am anderen Ende des Geheges aneinander. Ihre Augen waren ängstlich auf mich gerichtet.

Heiß und feucht fegte der Wind um mich herum. Trotzdem war mir kalt. Ein eisiger Schauer des Entsetzens lief mir den Rücken hinunter. Ich schluckte. Einmal. Zweimal. Versuchte, den dicken Kloß in meinem Hals hinunterzuwürgen. Dann, bevor ich selbst recht wusste, was ich tat, rannte ich aufs Haus zu und brüllte aus Leibeskräften: »Dad! Mom! Dad! Mom!«

Meine Schreie übertönten das Rauschen des Windes, so wie das kurz zuvor das schreckliche Heulen getan hatte.

Dad trug das tote Reh zum hinteren Rand des Grundstücks. Dabei flatterte seine Schlafanzugjacke über der Jeans, in die er geschlüpft war. Ich schaute ihm vom Küchenfenster aus zu, wie er anschließend den Zaun des Rehgeheges mit einem großen Stück Karton flickte.

Wegen des stürmischen Windes hatte er Mühe, ins Haus zurückzukehren, und die Küchentür wurde fast aus den Angeln gerissen. Dad schlug sie mit einem Ruck zu und sperrte ab.

Sein Gesicht war schweißnass. An seinem Schlafanzugärmel klebte Schlamm.

Mom füllte am Spülbecken ein Glas mit Wasser und gab es ihm. Er stürzte es in einem Zug hinunter. Dann wischte er sich mit einem Geschirrtuch den Schweiß von der Stirn.

»Ich fürchte, dein Hund ist gefährlich«, sagte er sanft zu mir. Er warf das Geschirrtuch auf die Anrichte zurück.

»Das war nicht Wolf!«, schrie ich. »Niemals!«

Dad antwortete nicht. Er holte tief Luft und ließ sie

dann langsam ausströmen. Mom und Emily beobachteten ihn stumm von der Spüle aus.

»Wieso glaubst du, dass Wolf das gewesen ist?«, wollte ich wissen.

»Ich habe auf der Erde Spuren entdeckt«, sagte er mit grimmigem Gesicht. »Pfotenabdrücke.«

»Das war nicht Wolf«, beharrte ich.

»Ich werde ihn morgen früh ins nächste Tierheim bringen«, sagte Dad.

»Aber die werden ihn töten!«, schrie ich unglücklich.

»Der Hund ist gefährlich«, wiederholte Dad leise. »Ich weiß, wie du dich fühlst, Grady. Wirklich. Aber der Hund muss weg.«

»Das war nicht Wolf«, rief ich. »Da bin ich mir sicher. Ich habe das Geheul gehört, Dad. Das war ein Wolf.«

»Grady, bitte ...«, sagte er kraftlos.

Doch es sprudelte jetzt nur so aus mir heraus. Ich hatte keine Kontrolle mehr über mich. »Es war ein Werwolf, Dad. Im Sumpf lebt ein Werwolf. Cassie hat recht. Es war weder ein Hund noch ein Wolf. Es war ein Werwolf, der dein Reh getötet hat.«

»Grady, hör auf ...«, bat Dad mich ungeduldig.

Aber ich konnte nicht aufhören. »Ich weiß, dass ich recht habe, Dad!«, schrie ich mit schriller Stimme, die gar nicht mehr wie meine klang. »Wir haben diese Woche Vollmond, stimmt's? Und zur gleichen Zeit habe ich das Heulen zum ersten Mal gehört. Es ist ein Werwolf, Dad. Es war der Sumpfeinsiedler. Dieser verrückte alte Kerl, der mitten im Sumpf lebt. Er ist ein Werwolf. Er hat uns gesagt, dass er einer ist. *Er* war das, Dad. Nicht Wolf. *Er* hat heute Nacht das Reh umgebracht. Ich habe ihn draußen heulen gehört und dann ... dann ...«

Mir blieb die Stimme im Hals stecken. Ich begann zu würgen.

Dad füllte das Glas mit Wasser und reichte es mir. Durstig kippte ich es hinunter.

Er legte mir seine Hand auf die Schulter. »Grady, lass uns morgen früh darüber reden, okay? Im Augenblick sind wir beide zu müde, um klar denken zu können. Was meinst du dazu?«

»Es war nicht Wolf!«, schrie ich starrköpfig. »Ich weiß einfach, dass er es nicht gewesen ist!«

»Morgen früh«, wiederholte Dad, die Hand noch immer auf meiner Schulter. Er ließ sie dort liegen, um mich zu trösten, um mich zu beruhigen.

Ich fühlte mich zittrig. Ich keuchte. Mein Herz hämmerte.

»Gut«, stimmte ich schließlich zu. »Morgen früh.«

Langsam trottete ich zu meinem Zimmer, aber mir war klar, dass ich nicht würde einschlafen können.

Am nächsten Morgen war Dad fort, als ich aufstand. »Er ist zum Holzlager gefahren«, erklärte mir Mom, »und holt Maschendraht, um das Gehege zu reparieren.«

Ich gähnte und streckte mich. Ich war gegen halb drei in einen unruhigen Schlaf gefallen, aber er hatte mich nicht erholt. Ich war noch immer müde und nervös.

»Ist Wolf da draußen?«, fragte ich besorgt. Noch bevor sie antworten konnte, lief ich zum Küchenfenster.

Ich entdeckte Wolf am Ende der Einfahrt. Er hielt einen blauen Gummiball zwischen den Pfoten und kaute wild darauf herum.

»Ich wette, er hat Hunger«, murmelte ich.

In dem Moment hörte ich Kies knirschen und da bog auch schon Dads Wagen in die Einfahrt ein. Der Kofferraum stand halb offen und eine Rolle Maschendraht schaute daraus hervor.

»Morgen«, sagte Dad, als er in die Küche kam. Seine Miene war finster.

»Kommst du, um Wolf fortzubringen?«, wollte ich sofort wissen. Ich hing mit den Augen an dem Hund, der draußen an dem Gummiball herumkaute. Er sah so goldig aus.

»Die Leute im Ort sind völlig aus dem Häuschen«, antwortete Dad, während er die Kanne aus der Kaffeemaschine nahm und sich eine Tasse einschenkte. »Diese Woche wurden eine Menge Tiere getötet. Und ein Mann, der ein Stück weiter unten wohnt, Ed Warner, ist im Sumpf verschollen. Die Leute machen sich Sorgen. Sie haben das Heulen auch gehört.«

»Bringst du ihn fort?«, wiederholte ich mit zittriger Stimme.

Dad nickte ernst und entschlossen. Er nahm einen großen Schluck Kaffee. »Geh und guck dir die Pfotenabdrücke vor dem Gehege an, Grady«, sagte er und schaute mir fest in die Augen. »Los, sieh sie dir an.«

»Die Spuren interessieren mich nicht«, sagte ich. »Ich weiß nur …«

»Ich kann kein weiteres Risiko mehr in Kauf nehmen«, sagte Dad.

»Das ist mir egal! Er ist *mein* Hund!«, brüllte ich.

»Grady ...« Dad stellte die Tasse ab und kam auf mich zu.

Doch ich schoss an ihm vorbei und rannte zur Tür. Ich schwang sie auf und sprang über die Vortreppe in den Garten.

Sofort als Wolf mich sah, stand er auf und wedelte mit dem Schwanz. Er ließ den blauen Gummiball liegen und sprang in großen Sätzen freudig auf mich zu.

Dad kam direkt hinter mir her. »Ich bringe den Hund jetzt weg, Grady«, sagte er. »Willst du mitkommen?«

»Nein!«, schrie ich.

»Mir bleibt keine andere Wahl«, sagte Dad mit einer Stimme, die kaum lauter als ein Flüstern war. Er trat vorwärts und streckte die Hand nach Wolf aus.

»Lauf!«, rief ich. »Lauf, Wolf!«

Ich gab dem Hund einen Tritt. Er drehte sich unsicher nach mir um.

»Lauf!«, brüllte ich. »Los!«

26

Noch einmal gab ich Wolf einen kräftigen Schubs. »Lauf, Junge! Hau ab!«

Dad hatte die Hände um Wolfs Nacken gelegt, hielt ihn aber nicht richtig fest.

Wolf riss sich los und rannte in Richtung Sumpf davon.

»He …!«, rief Dad wütend. Er verfolgte Wolf bis zum Ende des Gartens, doch der große Hund war zu schnell für ihn.

Heftig atmend sah ich Wolf nach, bis er zwischen den niedrigen Bäumen im Sumpf verschwunden war.

Dad kehrte mit bitterbösem Gesicht zu mir zurück. »Das war wirklich dämlich, Grady«, schimpfte er.

Ich sagte nichts.

»Wolf wird bestimmt wiederkommen«, sagte Dad. »Und wenn er das tut, muss ich ihn fortbringen.«

»Aber, Dad …«, setzte ich an.

»Keine weitere Diskussion mehr«, unterbrach er mich streng.. »Sobald der Hund zurückkommt, bringe ich ihn ins Tierheim.«

»Das kannst du nicht *tun*!«, brüllte ich.

»Der Hund ist gefährlich, Grady. Mir bleibt keine andere Wahl.« Dad ging zum Auto. »Komm und hilf mir den Maschendraht auszuladen. Ich werde beim Reparieren des Geheges deine Hilfe brauchen.«

Während ich Dad zum Wagen folgte, blickte ich zum Sumpf hinüber. *Komm nicht zurück, Wolf,* flehte ich im Stillen.

Bitte komm nicht zurück!

Den ganzen Tag über schaute ich immer wieder zum Sumpf hinüber. Ich war nervös und zappelig. Ich hatte überhaupt keinen Appetit. Nachdem ich Dad dabei geholfen hatte, das Rehgehege zu reparieren, zog ich mich in mein Zimmer zurück. Ich versuchte ein Buch zu lesen, aber die Wörter verschwammen vor meinen Augen.

Bis zum Abend war Wolf nicht zurückgekehrt.

Du bist in Sicherheit, Wolf, dachte ich. *Zumindest für heute.*

Meine ganze Familie war angespannt. Beim Abendessen sprachen wir kaum miteinander. Emily erzählte von dem Film, den sie am Abend zuvor gesehen hatte, aber niemand ging darauf ein.

Ich ging früh zu Bett. Ich war schrecklich müde. Vermutlich von der Aufregung und weil ich den größten Teil der vergangenen Nacht wach gewesen war.

In meinem Zimmer war es dunkler als sonst. Es war die letzte Vollmondnacht, aber eine dicke Wolkendecke hielt das Mondlicht ab.

Ich legte den Kopf aufs Kissen und versuchte einzuschlafen, doch Wolf ging mir einfach nicht aus dem Sinn.

Kurze Zeit später setzte das Heulen wieder ein.

Ich kroch aus dem Bett und eilte zum Fenster. Angestrengt starrte ich in die Dunkelheit hinaus. Noch immer verdeckten schwere schwarze Wolken den Mond. Die Luft stand still. Kein Windhauch regte sich.

Plötzlich vernahm ich ein leises Knurren und entdeckte Wolf.

Er stand mit zum Himmel erhobenem Kopf in der Mitte des Gartens und knurrte leise. Schließlich begann er hin- und herzulaufen, von einer Seite des Grundstücks zur anderen.

Wie ein Tier im Käfig, dachte ich. Er trabt hin und her und knurrt, als ob ihn etwas beunruhigt.

Oder *Angst macht.*

Beim Laufen hob der Hund von Zeit zu Zeit den Kopf zum Vollmond hinter den Wolken und knurrte.

Was geht da vor sich?, fragte ich mich. Ich musste es herausfinden.

Rasch schlüpfte ich im Dunkeln in meine Jeans und das T-Shirt, das ich den ganzen Tag über angehabt hatte. Als Letztes zog ich meine Schuhe an. Versehentlich steckte ich den rechten Fuß erst in den linken Schuh. Schließlich war es im Zimmer stockfinster!

Sobald ich die Schuhe zugebunden hatte, hastete ich zum Fenster zurück. Ich sah, dass Wolf inzwischen langsam zum Sumpf trottete.

Ich werde Wolf folgen, beschloss ich. Ich werde ein für alle Mal beweisen, dass er keine Tiere tötet – und auch kein Werwolf ist.

Da ich befürchtete, meine Eltern würden mich vielleicht hören, wenn ich durch die Hintertür hinausging, stieg ich durch mein Zimmerfenster hinaus.

Die Wiese war nass vom Tau. Die Luft war ebenfalls feucht und hatte sich kaum abgekühlt. Meine Schuhe quietschten und rutschten auf dem feuchten Gras, als ich Wolf eilig folgte.

Am Rand des Grundstücks hielt ich an. Ich hatte ihn aus den Augen verloren. Allerdings konnte ich ihn noch immer irgendwo vor mir hören. Ich vernahm das leise Tapsen seiner Pfoten auf dem schlammigen Untergrund.

Doch es war zu dunkel, um ihn sehen zu können.

Während ich dem Klang seiner Schritte folgte, sah ich zu den schattenhaften Wolken hinauf, die am Himmel vorbeizogen.

Ich hatte den Sumpf fast erreicht, als ich hinter mir Schritte hörte.

Erschrocken schnappte ich nach Luft, blieb stehen und lauschte angestrengt.

Ja, es waren tatsächlich Schritte.

Und sie kamen rasch auf mich zu.

27

»He!«

Mit einem erstickten Schrei fuhr ich herum.

Anfangs sah ich nur völlige Schwärze. »Hallo, wer ist da?«, raunte ich.

Da trat Will aus der Dunkelheit hervor. »Grady, bist du das?«, rief er und kam näher. Er trug ein dunkles Sweatshirt über einer schwarzen Jeans.

»Will, was tust *du* denn hier draußen?«, fragte ich atemlos.

»Ich habe das Heulen gehört«, antwortete er. »Und da habe ich beschlossen, der Sache auf den Grund zu gehen.«

»Ich auch. Ach, ich bin ja so froh, dich zu treffen!«, rief ich. »Jetzt können wir uns zusammen umsehen.«

»Ich bin auch froh, dich zu sehen«, sagte er. »Es war so dunkel und ich ... ich wusste ja nicht, dass du es bist. Ich dachte schon ...«

»Ich bin hinter Wolf her«, erklärte ich ihm und setzte mich wieder in Bewegung. Will folgte mir dicht auf den Fersen. Als wir zu den niedrigen Bäumen am Sumpfrand kamen, wurde es noch dunkler.

Im Gehen erzählte ich Will von den Ereignissen des

Vorabends, von dem getöteten Reh und den Pfotenabdrücken rings um das Gehege. Ich berichtete ihm, was die Leute in der Stadt redeten. Und dass mein Dad vorhatte, Wolf ins Tierheim zu bringen.

»Ich weiß, dass Wolf das Reh nicht getötet hat«, sagte ich zu Will. »Das weiß ich einfach. Aber Cassie hat mich mit ihren Werwolfgeschichten so erschreckt und …«

»Cassie ist doof«, murrte Will. Er zeigte auf einen Strauch. »Guck, da ist Wolf!«

Ich konnte seinen schwarzen Umriss ausmachen. Er bewegte sich bedächtig durch die Dunkelheit. »Ich war echt dumm. Ich hätte eine Taschenlampe mitbringen sollen«, brummte ich.

Wolf verschwand zwischen den Pflanzen. Will und ich orientierten uns am Klang seiner Schritte. So gingen wir ein paar Minuten lang. Doch plötzlich fiel mir auf, dass ich den Hund nicht mehr hören konnte.

»Wo ist Wolf?«, wisperte ich und suchte mit den Augen die Büsche und die niedrigen Bäume ab.

»Er ist da langgegangen«, rief Will mir zu. »Mir nach.«

Vorsichtig gingen wir den rutschigen, morastigen Boden entlang. Ich klatschte auf eine Mücke, die sich auf meinen Hals gesetzt hatte. Aber zu spät. Ich fühlte warmes Blut.

Wir liefen tiefer und tiefer in den Sumpf hinein, bis wir schließlich an den Tümpel gelangten, der nun unheimlich ruhig dalag.

»He, Will?«

Ich blieb stehen und schaute mich um. »Oh.« Offenbar hatte ich jetzt auch ihn verloren.

Vor mir hörte ich ein Rascheln und das Knacken von Zweigen. Als würde jemand im Vorbeigehen Pflanzen niedertreten und beiseiteschieben.

»Will? Bist du das?«

Oder war es Wolf?

»Will? Wo bist du?«

Plötzlich erfasste mich bleiches Licht und fiel auf den Boden. Ich blickte hoch und sah, dass sich die schweren Wolken verzogen. Der gelbe Vollmond tauchte am Himmel auf. Durch sein Licht wurde, gar nicht weit entfernt, ein niedriges Gebilde vor mir sichtbar.

Anfangs kam ich nicht dahinter, was es war. Irgendeine riesige Pflanze?

Nein.

Nach einer Weile merkte ich, dass ich auf die Hütte des Sumpfeinsiedlers blickte. Von plötzlicher Angst erfasst, blieb ich wie erstarrt stehen.

Und da setzte das Heulen ein.

Der schaurige Laut zerriss das tiefe Schweigen. Er erhob sich in der stillen Nachtluft, schwoll an und ab.

Das Heulen klang so fürchterlich, dass ich mir die Ohren zuhielt.

Der Sumpfeinsiedler!, dachte ich. Er ist tatsächlich der Werwolf!

Ich hatte es doch *gewusst,* dass er der Werwolf war!

Ich muss hier weg, schoss es mir durch den Kopf. Ich muss nach Hause!

Ich wandte mich von der kleinen Hütte ab.

Meine Beine zitterten so heftig, dass ich nicht sicher war, ob ich überhaupt gehen konnte.

Nichts wie weg hier! Nichts wie weg hier! Nichts wie

weg hier!, ging es mir wieder und wieder durch den Sinn.

Doch bevor ich mich von der Stelle rühren konnte, stürzte der Werwolf heulend hinter einem Baum hervor, sprang an mir hoch und warf mich zu Boden.

28

Im gelben Mondschein sah ich das Gesicht des Werwolfs, der mich mit seinem Körpergewicht am Boden festnagelte.

Dunkle Augen funkelten mich aus einem menschlichen Gesicht an, das mit Wolfspelz bedeckt war. Er hatte die Wolfsschnauze weit aufgerissen und enthüllte zwei schimmernde Reihen scharfer Wolfszähne.

Das ist ein Wolfsmensch!, stellte ich entsetzt fest. *Ein Werwolf!*

»Geh runter von mir!«, kreischte ich. »Will, geh runter von mir!«

Es war Will. Der Werwolf war Will.

Selbst durch den dichten, verfilzten Wolfspelz hindurch erkannte ich seine Gesichtszüge, seine kleinen schwarzen Augen und seinen massigen, gedrungenen Nacken.

»Will …!«, brüllte ich.

Ich versuchte, ihn abzuwerfen, mich unter ihm hervorzuwinden. Doch er war zu kräftig. Ich konnte mich nicht bewegen.

»Will, *geh runter*!«

Er hob sein fellbedecktes Gesicht zum Mond und

stieß ein tierisches Heulen aus. Dann senkte er mit einem wütenden Knurren den Kopf und grub mir die Reißzähne in die Schulter.

Vor Schmerz schrie ich auf. Grellrote Blitze zuckten vor meinen Augen.

Ich schlug wild mit den Armen um mich und strampelte mit den Beinen, um mich zu befreien.

Aber er besaß ungeheure Kräfte. Er war zu stark für mich … viel zu stark …

Das Rot verblasste und verwandelte sich in Schwarz. Alles um mich herum wurde dunkel. Ich hatte das Gefühl zu sinken, in einen finsteren Tunnel zu sinken, tiefer und tiefer, in endlose Dunkelheit zu fallen.

Ein lautes Knurren holte mich zurück in die Wirklichkeit.

Verblüfft riss ich die Augen auf und sah Wolf, der Will ansprang.

Will jaulte schrill vor Wut auf und ließ von mir ab, um mit dem Hund zu kämpfen.

Benommen und ungläubig schaute ich zu, wie sich die beiden über den Boden wälzten, sich bissen und kratzten, knurrten und stöhnten.

»Will … Will, du warst es … du bist es die ganze Zeit gewesen …«, murmelte ich, als ich mich aufrappelte.

Ich hielt mich an einem Baumstamm fest. Der Boden schien unter mir wegzurutschen.

Die beiden Tiere kämpften unverdrossen weiter, ächzten und brummten, während sie sich gegenseitig mit den Pfoten bearbeiteten und über den nassen Boden rollten.

»Ich wusste, dass Wolf es nicht war …«, sagte ich leise. »Ich wusste …«

Da erschreckte mich plötzlich ein ohrenbetäubender Schrei und ich sank auf die Knie.

Als ich aufschaute, sah ich, wie Will davonrannte. Er hetzte auf allen vieren durchs Gestrüpp. Wolf war ihm dicht auf den Fersen, schnappte nach seinen Fesseln, sprang ihn an, biss und kratzte ihn.

Wieder hörte ich Will einen Schmerzensschrei ausstoßen, dann heulte er besiegt auf.

Als der qualvolle Laut endlich verklang, sackte ich zu Boden und versank in blau-schwarzer Dunkelheit.

29

»Du hast leichtes Fieber«, sagte Mom. »Aber es wird schon wieder.«

»Sumpffieber«, murmelte ich kläglich. Ich schaute zu ihr hoch, bemühte mich, sie klar zu sehen. Ihr Gesicht schwebte verschwommen im sanften Licht über mir.

Es dauerte eine ganze Weile, bis mir klar wurde, dass ich mich in meinem Zimmer befand. »Wie ... wie bin ich hierhergekommen?«, stotterte ich.

»Der Sumpfeinsiedler hat dich im Sumpf gefunden und nach Hause getragen«, sagte Mom.

»Das hat er getan?« Ich versuchte mich aufzusetzen, aber meine Schulter schmerzte zu sehr. Zu meiner Verblüffung stellte ich fest, dass sie verbunden war. »Der ... der Werwolf ... Will ... er hat mich gebissen«, sagte ich und schluckte.

Dads Gesicht tauchte neben dem von Mom auf. »Was erzählst du da, Grady? Wieso murmelst du ständig etwas von einem Werwolf?«

Ich richtete mich ein Stück auf und erzählte ihnen die ganze Geschichte. Sie hörten mir schweigend zu und warfen sich hin und wieder einen Blick zu.

»Will ist ein Werwolf«, schloss ich. »Bei Vollmond verwandelt er sich in einen Wolf und ...«

»Jetzt gehe ich der Sache aber auf der Stelle auf den Grund«, sagte Dad und schaute mich durchdringend an. »Deine Geschichte ist verrückt, Grady, vollkommen verrückt. Vielleicht liegt das am Fieber. Ich weiß es nicht. Aber ich gehe jetzt sofort bei deinem Freund zu Hause vorbei und finde heraus, was Sache ist.«

»Dad, sei vorsichtig«, rief ich ihm nach. »Sei bloß vorsichtig!«

Kurze Zeit später kehrte Dad mit verwirrter Miene zurück. Mir ging es inzwischen schon viel besser und ich saß mit einer großen Schüssel Popcorn auf dem Schoß im Wohnzimmer.

»Es ist niemand da«, sagte Dad und kratzte sich am Kopf.

»Wie? Was meinst du damit?«, fragte Mom.

»Das Haus steht leer«, erklärte uns Dad. »Es sieht so aus, als hätte seit Monaten niemand darin gewohnt!«

»Wow, Grady. Du hast aber echt seltsame Freunde!«, rief Emily und verdrehte die Augen.

»Ich kapier das nicht«, sagte Dad kopfschüttelnd.

Ich begriff es auch nicht. Aber es war mir egal. Will war fort. Der Werwolf war für immer verschwunden.

»Kann ich Wolf dann jetzt behalten?«, fragte ich Dad, erhob mich aus dem Sessel und ging auf ihn zu. »Er hat mir schließlich das Leben gerettet.«

Dad blickte mich nachdenklich an, gab aber keine Antwort.

»Der Sumpfeinsiedler hat uns erzählt, er hätte gesehen, wie Wolf irgendein Tier von Grady weggejagt hat«, sagte Mom.

»Wahrscheinlich ein Eichhörnchen«, witzelte Emily.

»Emily, spar dir deine blöden Bemerkungen«, stöhnte ich. »Wolf hat mir wirklich das Leben gerettet.«

»Na gut, ich denke, du kannst ihn behalten«, sagte Dad zögernd.

»Jippie!« Glücklich bedankte ich mich bei ihm und stürmte aufgeregt in den Garten, um Wolf zu umarmen.

Das alles liegt jetzt fast einen Monat zurück.

Seitdem haben Wolf und ich eine wundervolle Zeit miteinander verbracht. Fast täglich streifen wir durch den Sumpf. Ich kenne praktisch jeden Quadratzentimeter des Geländes. Es ist so etwas wie mein zweites Zuhause geworden.

Manchmal nehmen Wolf und ich Cassie mit auf unsere Spaziergänge. Man kann Spaß mit ihr haben, auch wenn sie ständig nach Werwölfen Ausschau hält. Es wäre mir wirklich lieb, wenn sie dieses Thema endlich fallen ließe.

Im Augenblick stehe ich am Fenster in meinem Zimmer und sehe zu, wie der Vollmond in der Ferne über den Bäumen hochsteigt. Sein Anblick lässt mich an Will denken.

Will ist zwar verschwunden, aber er hat mein Leben verändert. Ich werde ihn bestimmt nie vergessen.

Ich spüre, wie das Fell auf meinem Gesicht sprießt. Meine Schnauze wird länger und zwischen meinen Lippen gleiten meine Reißzähne hervor.

Ja, als Will mich biss, hat er den Fluch an mich weitergegeben.

Aber das macht mir nichts aus. Ich bin deswegen nicht sauer auf ihn.

Ich meine, nun, da Will das Feld geräumt hat, gehört der Sumpf mir! Ganz allein mir!

Ich klettere aus dem Fenster. Unten steht Wolf und wartet auf mich, begierig auf einen nächtlichen Ausflug.

Mühelos springe ich hinunter und komme auf allen vieren auf. Ich erhebe mein fellbedecktes Gesicht zum Mond und stoße ein lang gezogenes Freudengeheul aus.

Komm, wir gehen, Wolf. Nichts wie los zum Fiebersumpf.

Ich bin bereit zur Jagd!

R.L. Stine

Gänsehaut®

Die erfolgreichste Gruselserie für Kinder!

Willkommen im Haus der Toten
128 Seiten,
ISBN 978-3-570-22591-2

Es wächst und wächst und wächst ...
128 Seiten,
ISBN 978-3-570-22592-9

Der Geist von nebenan
128 Seiten,
ISBN 978-3-570-22593-6

Die Puppe mit dem starren Blick
128 Seiten,
ISBN 978-3-570-22594-3

Der Werwolf aus den Fiebersümpfen
128 Seiten,
ISBN 978-3-570-22595-0

Um Mitternacht, wenn die Vogelscheuche erwacht
128 Seiten,
ISBN 978-3-570-22596-7

40305_6

cbj

www.cbj-verlag.de

Gänsehaut

Du wirst an Monster glauben

Das Buch zum Film

ca. 160 Seiten, ISBN 978-3-570-17223-0

Zach Cooper ist nicht begeistert, als er mit seinen Eltern in eine öde Kleinstadt ziehen soll. Bis er die süße Hannah kennenlernt ... Was er jedoch nicht ahnt: Hannahs Vater ist der berühmte Schriftsteller R. L. Stine, Autor der weltbekannten Gänsehaut-Bücher. Und der hat ein wahrhaft übles Geheimnis. Die Kreaturen, die seine Geschichten so berühmt gemacht haben, sind echt. Jetzt haben sie sich aus ihrem Gefängnis befreit und drohen, die ganze Stadt zu vernichten. Zach, Hannah und ihrem Vater bleibt nur eine Nacht, um die Wesen wieder einzufangen und ihre Stadt vor dem Untergang zu retten. Großartiges Gruselkino mit starken Animationen, hochkarätiger Besetzung – und einer hochspannenden Story zum Nachlesen!

cbj

10337

www.cbj-verlag.de